金银岛

〔英〕罗伯特·路易斯·史蒂文森 著　马 丽 译

中国妇女出版社

图书在版编目（CIP）数据

金银岛 /（英）史蒂文森著；马丽译. --北京：中国妇女出版社，2015.7（2024.3重印）

（心灵成长经典伴读）

ISBN 978-7-5127-1115-0

Ⅰ.①金…　Ⅱ.①史…②马…　Ⅲ.①长篇小说—英国—近代　Ⅳ.①I561.44

中国版本图书馆CIP数据核字（2015）第107893号

金银岛

作　　者：〔英〕罗伯特·路易斯·史蒂文森 著　马丽 译
责任编辑：王　琳
封面设计：徐　欣
责任印制：李志国
出版发行：中国妇女出版社
地　　址：北京市东城区史家胡同甲24号　　邮政编码：100010
电　　话：（010）65133160（发行部）　　65133161（邮购）
经　　销：各地新华书店
印　　刷：天津鑫旭阳印刷有限公司
开　　本：150×215　1/16
印　　张：15
字　　数：200千字
版　　次：2015年7月第1版
印　　次：2024年3月第4次
书　　号：ISBN 978-7-5127-1115-0
定　　价：35.00元

目录

CONTENTS

001_ 第一部分 老海盗

002_ 第一章 “本鲍上将”里的神秘客
009_ 第二章 神出鬼没的“黑狗”
017_ 第三章 黑券
024_ 第四章 水手皮箱
030_ 第五章 瞎子的下场
036_ 第六章 老船长的文件

043_ 第二部分 随船伙夫

044_ 第七章 我到布里斯托尔
050_ 第八章 望远镜酒店的标识牌
057_ 第九章 火药和武器
064_ 第十章 航行
070_ 第十一章 苹果桶外的密谋
078_ 第十二章 作战会议

085_ 第三部分 岸上冒险

086_ 第十三章 开启岸上冒险
092_ 第十四章 第一个打击
098_ 第十五章 流放者

目录
CONTENTS

107_ 第四部分 围栏攻防战

108_ 第十六章 弃船（由医生叙述）
114_ 第十七章 小船的最后一趟冒险（由医生继续叙述）
119_ 第十八章 第一天的战果（由医生继续叙述）
125_ 第十九章 守卫围栏（以下转由吉姆·霍金斯叙述）
132_ 第二十章 大使西尔弗
139_ 第二十一章 反击战

147_ 第五部分 海上冒险

148_ 第二十二章 海上冒险的开始
154_ 第二十三章 奔涌的潮水
159_ 第二十四章 小舟巡洋
165_ 第二十五章 降下海盗旗
171_ 第二十六章 伊斯雷尔·汉兹
179_ 第二十七章 “八个里亚尔”

185_ 第六部分 西尔弗船长

186_ 第二十八章 身陷敌营
195_ 第二十九章 又见黑券
202_ 第三十章 短暂的会面
210_ 第三十一章 猎宝记——弗林特的线索
217_ 第三十二章 猎宝记——林中的声音
224_ 第三十三章 西尔弗的失败
231_ 第三十四章 冒险结束

第一部分

老海盗

第一章 “本鲍上将”里的神秘客

乡绅特里劳尼和医生利夫西以及其他一些有头有脸的人希望我把在金银岛探险的事从头到尾、毫无保留地写下来，但对于小岛的位置他们叫我只字不提，因为岛上仍埋藏着许多宝藏。那是公元18世纪，当时我的父亲正经营着一家名叫“本鲍上将”的经济酒店。脸带刀疤、浑身黝黑的老水手就是从那时起住到我家酒店里的。

直到现在，我仍然清晰地记得老水手到我家酒店投宿时的情景。那天，他步履沉重、蹒跚着走到店门前。一个随从推着一辆小车跟着他，车上放着一只沉重的皮箱，看起来非常结实。老水手不仅长得很高，身材也十分魁梧。他有着油栗色的皮肤，身上的蓝色外套已经布满污渍，油腻的辫子随意地垂在外套上；他的双手满是伤痕，没有伤的部分也是异常粗糙，黑黑的指甲几乎没有一个是完好的；一条刀疤刻在他历经沧桑的脸上，非常显眼。他一边吹着口哨，一边打量店门口不大的海湾，接着唱起一首古老的水手歌谣：

十五个人抢夺着死者的金库，

呦、嗬、嗬，再加一瓶朗姆酒呦……

他的嗓子不知是否是因常年的水手生活而早已喊破，声音充满了沧桑感，高亢的音调中伴随着颤音。他手里拿着一根木质的手杖，随即重重地敲打着房门。父亲一出现，他便粗鲁地向我父亲讨要朗姆酒喝。当他捧起酒后，他却像一位有格调的品酒师，小口浅酌，慢慢地品饮着杯中的朗姆酒。这时，他环顾着四周的山峰，又审视了我们店的招牌，才缓缓开口道："这真是个便利的海湾，这个酒店的位置这么好，客人一定不少吧？"

现在是淡季所以生意比较冷清，父亲如实地告诉他。

"那最好不过了，正合我意，我决定住下了。这里，伙计！"他冲着帮他推车的人嚷道，"车就停这边，箱子搬下来。我准备在这里住上几天。"他接着说，"我是一个非常简单的人，只要给我来份朗姆酒配熏肉鸡蛋，我就能坐在这里专心地看着离港的船只，待上一整天。你们打算怎么称呼我呢？叫我船长好了。呵呵，我知道你现在在想什么，在这里！"话音未落，他已经丢下三四枚金币在门槛，"钱花光了再来找我，小子！"他说话的语气简直就是一个不容侵犯的指挥官。

事实上，尽管他穿着一身破旧的衣裳，说话也是粗俗不堪，但是怎么看都不像一个终日在甲板上干活的水手，反而更像一个大副或者船长，整天吆喝训斥别人，甚至一不小心迁怒于他还会挨鞭子似的。跟随他一同前来，路上帮他推车的伙计对我们说，他们是昨天早上被邮车送到乔治国王旅馆的，接着他便开始打听海边都有哪些旅馆。他一定是被我家在当地良好的口碑吸引来的，同时这里环境清幽不容易受到外界的打扰。最初，我对这位客人的全部了解就是这些了。

老船长并不是一个喜欢说话的人。大部分时候，白天他拿着黄铜望远镜在海湾或是山崖附近溜达；晚上则喜欢坐在大厅的一角，靠近火炉的地方，独自狂饮朗姆酒。多数时候他都不理会那些主动跟他搭话的人，偶尔他会猛地抬起头怒视你，鼻子里还发出好像轮船在迷雾中鸣笛的声音。渐渐地，我们以及屋子里的其他人都不再有与他攀谈的想法了。每天，他闲逛回来都会询问我们是否有其他的水手经过。最初他这么问，我们都以为他在寻找曾经的同伴，后来我们意识到他其实是想躲开一些人。一旦有水手住进店里（旅馆前面的路沿海一直走，可以抵达布里斯托尔[1]，所以经常有水手经过此地），老船长都要从门帘后面仔细观察他们，然后悄无声息地走进大厅。这些人的来访总是让他心神不宁。这种恐惧甚至已经蔓延到我的身上，我也因此坐立不安。老船长曾把我约到空无一人的地方对我说，如果我能帮他留意一个只有一条腿的水手，并且当独腿水手出现时，我能够马上向他汇报的话，每个月他就会给我一枚4便士的银币。好几次月初我跑去找他领取酬劳时，老船长都会用鼻子向我发出鄙夷的声音，让我无地自容。但是不出一个礼拜，他就会反悔曾如此对我，将4便士的银币交到我的手上，并反复叮嘱我一定要帮他留意独腿水手。

不用多说你们也可以想象，这个独腿水手常常闯入我的梦中，让我猛地惊醒。尤其是在暴风雨来临的夜晚，整个房屋被风吹得摇晃起来，波涛向着海湾咆哮，巨浪不断地拍打着悬崖峭壁，独腿水手面目狰狞地以不同的样子出现在我的眼前。有时候出现在我眼前的他是一个少了半条腿的人，有时候是一个少了整条腿的人，还有时候他以一条腿的样子出现——一个身子正中仅长出一条腿没有其他器官的妖怪。最糟糕的是，这个怪物边跑边跳地向我扑来，我为了躲避他不得不跨过树篱与沟渠，狼狈不堪地在梦中逃跑。尽管如

1 位于英国西南部，西临爱尔兰海，是英国一个重要的商业港口。——译者注

此，为了每个月可以得到我那可爱的4便士银币，我不得不承受这可怕的幻觉。

尽管我对独腿水手非常惧怕，但是对于老船长，我远不如其他人对他那样恐惧。曾有几个夜晚，老船长由于喝了太多的朗姆酒，意识已经不清醒了，他在酒馆里自顾自地唱起原生态的水手歌，歌曲听起来粗俗、古老，甚至有些邪恶。他也会劝周遭的人跟他一起喝酒，强迫他们听他讲水手的故事，恐吓别人跟他一起合唱，等等。于是经常听到房子被“呦、嗬、嗬，再加一瓶朗姆酒呦”的歌声震得颤抖，每一个在场的人都卖力地大声唱着，生怕自己的声音被歌声埋没，招来老船长的责骂。老船长是我们所见过的最容易失控的人，他猛烈地拍打桌子要大家安静。如果有人提出异议，他会责令禁止；当没有人发问时，他又觉得大家都没有专心听他讲话，变得怒气冲冲。在他讲故事的途中，任何人不得离开酒馆，直到他喝得烂醉如泥瘫倒在床上，别人才能离开。

但最可怕的还是他所讲的骇人听闻的故事内容——绞刑、“走跳板”[1]、海上暴风、干龟群岛和西班牙大陆上野蛮的原始生活习俗等。用他的话说，他这大半辈子都与被上帝流放到海上的邪恶之徒生活在一起。他给我们讲故事时所用的语言与他讲给我们听的内容一样，使我们这些老实巴交的乡下人感到震撼。我的父亲常常抱怨说，迟早我们会因为船长的存在而关门，没人愿意到这里来遭受惊吓和辱骂，甚至回去后还缩在床上瑟瑟发抖。但我的看法却与此恰恰相反。虽然很多人因此受到了惊吓，但回过头来看却觉得这些故事非常新鲜刺激，犹如为平淡的乡村生活注入的兴奋剂。甚至有一

---

1 这是一种海盗用来处理俘虏的方法。海盗先将俘虏的眼睛蒙上，然后逼迫俘虏走上悬于海面之上的跳板，直至俘虏失去平衡，掉落海里淹死为止。——译者注

些年轻人对他十分钦佩，私下里叫他“真正的海员”“一个老道的水手”等诸如此类的称呼，还说正是因为有了他这样的人英格兰才能成为海上霸主。

不过，从另一方面来讲，老船长一如既往地住下去很可能会使我们破产。他住在这里后，几周过去了，相继地又过了几个月，他最开始给我们的那点儿钱早就用光了，可我的父亲总不能鼓起勇气向他讨取更多的钱。有那么几次，我的父亲去找他提房租的事，他总是用鼻子发出咆哮的声音，然后怒视着我的父亲，直到父亲退出房间。每当父亲被如此果断地拒绝后，他的双手总是不由自主地绞在一起扭动着。父亲长期在生活中承受着如此大的压力和恐吓，让我不得不将父亲早逝的原因与此归结到一起。

老船长住进来以后，除了在一个小贩那里买过几双袜子外，从未见过他更换其他衣服。他的帽子有一个卷边脱落了，这在起风时给他造成了不小的麻烦，尽管如此他也任它这么耷拉着。他的那件外套，他在楼上的房间里无数次给它打上补丁，那补丁摞补丁的模样我到现在还记得。没见他给别人写过信，或是收到谁寄来的信。他几乎不与人交谈，除了在喝多的时候与邻居说上那么几句。那只跟他一起来到店里的大皮箱，也从没有人看到他打开过。

老船长第一次遇到对手，是我父亲被疾病缠身、离死神越来越近的时候。一个下午，利夫西医生来为我的父亲看病，看过病后吃了我母亲为他准备的晚餐，接着他走到客厅一边抽烟斗一边等着别人去村子里牵他的马来，因为当时我们的“本鲍上将”酒店还没有马厩。我随利夫西医生一起走进客厅，他衣着干净整洁，举止优雅得体，假发上擦的粉白如雪，双眼漆黑如墨，跟我们这些轻佻的乡下人形成鲜明的对比。至于衣着寒酸、行为粗俗、整天醉醺醺的老船长，他们之间的反差就更明显了。这时，喝多了的老船长正趴在桌子上唱他那首古老的水手歌：

十五个人抢夺着死者的金库，
呦、嗬、嗬，再加一瓶朗姆酒呦；
魔鬼和酒带走了其他人，
呦、嗬、嗬，再加一瓶朗姆酒呦……

歌曲中“死者的金库”，开始时我总认为就是老船长随身带来的旧皮箱，它同独腿水手一起常常成为我的梦魇。那时，我们对歌词中的内容已不会感到大惊小怪了，只有利夫西医生是第一次听到这首歌。我看得出利夫西医生并不怎么喜欢这首歌，他用不大高兴的眼神注视了船长一会儿，才继续与老花匠泰勒谈起风湿病新的治疗方法来。这时，老船长的歌声随着他的情绪变得激昂，他同时开始用手大力地拍打桌子。我们知道，这是他要大家保持安静的意思，除了利夫西医生继续用他那温和的声调、亲切的语气说着话，其他人都不再说话了。利夫西医生还不时轻松自如地吸一口烟。老船长先是使劲地瞪了利夫西医生一会儿，然后继续大力地拍打桌子，眼神也变得更加凶狠。终于，他爆发了，他用低沉恐惧的声音怒吼着：“你们，所有人！都给我闭嘴！”

“您是在对我说话吗，先生？”医生问道。然后，这个恶棍再次重复了他的恶言恶语，表示正是如此。“那么我也要对你说，你听好了，”医生继续说，“如果你继续这么酗酒的话，世界上很快就会少一个肮脏的无赖。”

这个老混蛋立刻恼羞成怒。他飞身跃起，掏出一把水手惯用的折叠刀，向医生伸出刀刃，威胁医生要把他活钉在墙上。

医生面对这种阵势并不惊慌，他说话的音调都没有变，只是提高了声音以确保屋子里的人都能听清。他扭过头来对老船长说：

“如果你现在不立刻将刀子收起来装进口袋，我以我的名誉发誓，在下次巡回审判中我会判你个绞刑。”

接着，两个人四目相对展开了一场交锋。最终，船长败下阵来，默默地收起折叠刀，像只丧家犬一样退回了自己的位子。

“好了，先生，”医生继续说道，“现在我知道在我的管辖区内有你这样的人存在了，今后的日子里我将不分昼夜地监视你的举动。我不仅是一名医生，还是这里的治安官。如果有人向我抱怨你的行为，哪怕是像今天这样小的无礼举动，我都会立刻将你抓起来并驱逐出这里。言已至此，就不必我多说了吧。”

没多久，利夫西医生的马便来到门前，于是他骑上马走了。当天晚上和其后的几个晚上，老船长都变得安分守己，没有多说一句话。

第二章　神出鬼没的“黑狗”

不久之后发生的神秘事件使我们终于摆脱了老船长本人，但是后面你就会发现，我们的生活已经被他搅起了波澜。那是一个寒冷而漫长的冬天，天地仿佛被冻僵一般死寂，只有肆虐的狂风夹杂着冰霜呼啸而过时会发出悲鸣般的声响。我那可怜的父亲身体每况愈下，很明显，他撑不到下个春天了。父亲的身体状况已经不允许他处理任何酒店里的事务了，母亲跟我肩负起了酒店中的所有工作。我们忙得四脚朝天，根本无暇顾及那些让人不悦的客人。

那是一月里的一个清晨，大地被冰霜包裹着，小港湾也笼罩在一片灰蒙蒙的浓雾中，海浪轻轻地拍打着岸边的礁石，太阳还没有完全升起来，才刚刚爬到小山顶的位置，阳光远远地照在海平面上。老船长这天比往日起得都早，他歪戴着破旧的水手帽，将黄铜望远镜夹在腋下朝海湾走去，透过他破旧的蓝色外套依稀可以看见别在他腰间的水手刀。我还记得他呼出的哈气如同烟雾一样围绕着他，当他转弯消失在一块岩石后面时，是我最后一次听到他用鼻子哼出巨大的声响，这声音犹如他对利夫西医生的不满一样充满愤恨。

当时，母亲在楼上照顾我的父亲，我在楼下为一会儿将要归来的老船长准备着早餐。这时，客厅的门被推开了，进来的这个人我从未见过，他的身材臃肿，脸上却没有什么血色，左手的手指少了两根，一把短刀别在腰间，但是看他的样子并不像是个好战的人。我一直将注意力放在过往的水手是一条腿还是两条腿上，如今出现的这个人，不禁使我产生了困惑，一时难以分辨他究竟是不是个水手。

我问他需要些什么，他说给他倒一杯朗姆酒。于是，我转身走出客厅去为他取朗姆酒，他却一屁股坐在了一张桌子前，并示意我过去。我迟疑了一下，手里攥着餐巾有点儿不知怎么办才好。

“来，到我这里来，孩子，”他冲我说道，“离我近一点儿。”

我向前靠近了一点儿。

“你是不是正在为我的朋友比尔准备早餐？”他略带狡黠地问我。

我对他说，我并不认识他的朋友比尔，这份早餐是为住在酒店里的老船长准备的，而我之所以叫他老船长，是因为他看起来很像是一位船长。

“好的，”他说道，“我的朋友比尔确实看起来像位船长，这么称呼他也不足为奇。我的朋友比尔脸上有道疤痕，他的性格非常惹人喜欢，尤其是在喝了酒以后。我敢断定你的老船长脸上也有一道疤痕，而且我敢打包票说，这道疤痕是在右脸上。好了，下面轮到你说了，我的朋友比尔是在他的房间里吗？”

我对他说，老船长已经出去散步了。

“他朝哪个方向去了？快点儿告诉我，孩子！”

我将岩石的方向指给他，告诉他船长这个时间差不多快回来了。接着他又问了我几个问题，我都一五一十地告诉了他。“哈哈，”他接着道，“我的朋友比尔见到我后一定比喝了几杯美酒还高兴。”

尽管他是这么说的，但是我从他的脸上看不到开心的表情，所以我认为事情并不真如他所说的那样，也可能他的感觉本来就是错误的。这些事本来就和我一点儿关系都没有，此外，我也不知道应该如何应对这种情况。这个陌生人一直在酒馆的内门里徘徊，死死地盯住门口那小块区域，好像一只等待老鼠上钩的老猫一样。一旦我想走出门到大街上时，他就立刻叫住我制止我的行为。如果我没有按他说的话去做，他的性情马上变得暴跳如雷，一副骇人的表情立刻出现在他的脸上。他一边咒骂我一边命令我赶紧回去，吓得我几乎瘫软。但是只要我乖乖地回到屋子里，他马上变回之前的和善模样，对我说话的语气有点儿献媚又有点儿嘲讽，甚至还边拍着我的肩膀边对我说“你真是个好孩子”“我很喜欢你”之类的话。

“我也有一个和你差不多大小的儿子，”他说，“简直跟你一模一样，他是我的骄傲。但是对于男孩来讲最重要的是什么——服从，你知道吗，是服从。假如你曾和比尔一起出过海，你就知道谁也不会站在这里听他把一句话说两遍以上，绝对不会的。这不是比尔的做事风格，当然跟他出过海的人也是如此。嘿！看那是谁，我的老朋友比尔，看他夹着的黄铜望远镜。上帝保佑，真的是他！咱们赶紧躲到客厅里去，我要藏在门后面给他一个大大的惊喜。哈！我想再说一遍，真是上帝保佑！”

然后，我们就一起走进了客厅。我们一起躲在门后面，他让我站在他的身后，这样一开门老船长就看不到我俩了。我有些惊恐和不安，尤其当我看到身旁的陌生人也是一脸恐惧时，更加剧了我的恐慌。他将刀轻轻地抽出了刀鞘，并擦了擦刀刃。在我们等待的这段时间里，他似乎被什么卡住了喉咙，一直不停地咽着口水。

终于，老船长大步迈进了客厅，猛地关上了客厅的门，并不环顾左右而是径直走向了我为他准备的早餐。

“比尔！”陌生人叫道，我能听得出他故意提高了声音给自己壮胆。

老船长急忙转过身来，他的面色立刻变得刷白，鼻子的颜色甚至都有些发青。他的表情好像看见鬼一样，或者说是死神，不，比那些更为可怕，我的语言难以形容那种恐惧。我看着老船长甚至有一些难过，他一下子变得衰弱、苍老了许多。

“比尔，你一定认得我，你曾经的老船友。”陌生人说。

老船长深吸了口气。

接着，他吼道：“黑狗！”

“除了我还有谁呢？”陌生人一边说着一边放松下来，“黑狗还和从前一样惦记着他的老船友——比尔，这不，我来‘本鲍上将’看望他来了。在我们分别的这些日子里，我失去了我的两根手指。”说着他举起了那只残缺的手。

“好，”船长说道，“你是来找我的，现在我就在这里。说吧，你到底想怎么样？”

“你还是这样，比尔，”黑狗接着说，“你的个性一点儿没变，比尔。我们让这个可爱的孩子也给我倒上一杯我们挚爱的朗姆酒。如果你愿意的话，我们还是和从前一样坐下来慢慢谈怎么样？”

等我端上朗姆酒时，他们两人已经分别坐在餐桌的两边了。黑狗坐在离门口近的一边，我猜这样他既可以观察老船长的举动，又可以在对自己不利的情形下伺机逃跑。

黑狗让我离开客厅，同时大敞着门。“我这么做是为了不让你从钥匙孔里偷窥我们，孩子。”他这样说给我听。于是，我留下他俩在客厅，自己退到了吧台的后面。

接下来的时间里，我集中注意力想要听清他俩的对话，却只听到窃窃私语的声音。但是没过多久，两人的声音越来越大，我已经可以听清老船长说的一两句骂人的话了。

“不、不、不、不！到此为止！”老船长嚷嚷着，继续又说了一遍，“我说了，要死的话，就大家一起死！”

没多久，一阵争吵声中夹杂着突然爆发出的巨大声响，是桌子和椅子相互碰撞后又叠在一起的声音，然后是金属碰撞在一起的声音，还有人的惨叫。下一秒我就看到黑狗狼狈地从屋子里逃了出来，他的左肩受伤了正在淌血，老船长从后面追赶着他，两个人的手中都握着短刀。跑到大门口那里的时候，老船长重重地向黑狗砍下一刀。要不是被我们酒店的招牌挡了这一刀，黑狗一定会被老船长砍成两半。直到今天，招牌下半部分的刀痕都清晰可见。

这一刀为这场恶斗画上了休止符。上半身受了伤的黑狗，双腿依旧健步如飞，逃到路上不到半分钟的工夫就消失在小山丘附近了。船长呆立在招牌旁，似乎魔怔了似的站了很久。回过神的他使劲地揉了几下双眼，转过身回自己的房间。

“吉姆，”老船长叫道，“朗姆酒。”就在他说话的时候，他的身子摇晃了一下，他用一只手抵在墙上才没使自己摔倒。

“你受伤了吗？”我叫道。

“酒，”他重复道，“我必须离开这里。酒，快给我酒！”

我急急忙忙地跑去给他拿酒，但此时的我并不能平静下来。一路上我打翻了一个杯子，弄脏了酒桶的龙头。正在我努力将一切复原的时候，客厅传来一声巨响，什么东西重重地倒在了地板上。我跑过去，看到船长正直挺挺地躺在那里。几乎在同一时间，听到楼下打斗和叫嚷声的母亲也从楼上跑了下来，帮我一起抬起老船长的头来。老船长的呼吸非常重，双目紧闭，脸色难看得可怕。

“天啊，吓死我了！”我的母亲哭喊着，“这间屋子怎么这么惨啊！你的父亲还正病得卧床不起。”

我们面对当时的情况完全不知道该怎么做才能救老船长，更没料到他在与陌生人的打斗中受到了如此致命的伤害。我拿来朗姆酒，尝试着将酒灌进老船长的喉咙里，但是他紧咬着牙关，下巴如同生铁一样坚固。正在这时，酒店的大门被推开了，利夫西医生如同救世主一般走了进来，他其实是来给我的父亲看病的。

“哦，医生！”我们同时叫出声来，“他伤到哪里了？我们要怎样救他？”

“受伤？根本没有的事。”医生说道，“他和你我一样毫发无损。他这是中风了，我早就警告过他会有这种下场。霍金斯太太，你现在最好回到楼上你的丈夫身边去，如果可能的话，这里发生的一切都不要告诉他。我会尽我最大的努力来挽救这个没用的家伙的性命。吉姆，你去帮我拿个脸盆来。”

当我端着脸盆回来时，医生已经撕开了老船长的袖子，老船长的整条手臂裸露在外面，我看到上面刻着好几条刺青，有“好运在此”“平安顺风”“比尔·博恩斯的珍爱之物”。每一条刺青都刻得精巧清晰，非常端正。在靠近肩膀的地方，是一个人被吊在绞刑架受刑的刺青，在我看来，要完成这条刺青是需要非常大的决心的。

“这算是预言吧，”医生指着关于绞刑的那条刺青说，“这个人的名字一定是比尔·博恩斯。我们现在看看他身体里流淌的血液是什么颜色的。”“吉姆，”医生对我说道，“你怕见血吗？”

“不怕。”我回答说。

“那最好不过了。来，帮我端着脸盆。”话音未落，他就举起手术刀划开了老船长的一条静脉血管。

放出了许多血以后，老船长才慢慢睁开双眼，茫然地望向四周。他先是看见了利夫西医生，然后皱了皱眉头。接着，他的目光落在了我的身上，这时他的神情有些放松。突然，他的脸色一变，大声地叫嚷着想要挣扎着坐起来。

“黑狗在哪儿？”

“这里没有什么‘黑狗’，”医生说道，“除了你背上的那只。你喝了太多的朗姆酒，导致现在中风了，一如我先前对你说过的那样。然后，我还违背着自己的意愿，刚刚将你从死神身边救了回来。现在，博恩斯先生——”

“我不叫博恩斯，”老船长打断了医生的话。

“你的名字对我来说并不重要，”医生接着说，“不过这是我之前知晓的一个海盗的名字，为了方便起见我就这么称呼你。然后，我还会告诉你，一杯朗姆酒并不会要了你的命，但是你喝了一杯，就会要第二杯、第三杯，我用我的假发起誓，如果你不戒酒的话，一定必死无疑。你明白我的意思吗？死亡，如同《圣经》中说的一样，‘回到你应该待的地方去’。好了，现在使点儿劲，我帮你躺回床上去。”

我们俩费了好大力气，才把老船长弄到楼上他自己的床上去。他的头刚一沾到枕头，就好像昏死过去一样。

“我必须再次提醒你，”医生好声劝道，“朗姆酒对你来讲如同毒药一般。出于自己良心的安宁，我必须告诉你这点。”

说完，医生就拉着我的手一同去看望我的父亲了。

“他不会有事的，”医生刚一关上门就对我说，“我已经放了足够的血，能确保他乖乖地待上一段日子。他会在这里卧床一周左右，这对你们来讲再好不过了。不过，下次他再中风，一定会要了他的命。”

第三章 黑券

午间时分，我端着冷饮与药去看望船长。他躺着的姿势几乎与我们离开时一模一样，只不过身体稍微抬高了一些。他看起来还是那么虚弱，不过情绪稍微有些激动。

“吉姆，”他说，“你是这里我唯一信任的人。你也知道平时我对你不错，每个月都给你4便士银币，从未食言。现在我落魄了，所有人都离我而去。吉姆，你能去帮我拿一小杯朗姆酒来吗？现在马上。行吗，小老弟？”

“医生……”我刚说了一个词就被他打断了。

他用虚弱且激动的声音开始咒骂医生。“医生都是蠢蛋，”他喊起来，“他们每一个都是！他对一个水手的真正生活又了解多少呢？我到过热得如滚烫的沥青一样的地方，看着我的同伴一个个因为黄热病而死去；我到过地震时犹如颠簸的大海的地方；而这些地方他恐怕听都没听过吧？我告诉你，朗姆酒是我的命根子，它对我来说就是食物和水，就是衣服和女人，如果喝不到朗姆酒，我就如同一艘被打翻的破船。我的命将葬送在你们手中——你，吉姆，还有那个混账医生。”接着他又咒骂了一会儿。“吉姆，你看看，我的手指在发抖，”他几乎用一种哀求的口吻对我说话，“我都无法控制自己的双手。这倒霉的一天里，我连口酒都喝不上。那个医生是个蠢蛋，我告诉你。如果没有朗姆酒，我就会看见可怕的东西。我现在已经看到它们了。看，老弗林特就在这里，在你身后，你身后的那个角落里。我能清清楚楚地看到他。我在极度恐惧的情况下，天知道会变成什么疯样子，我会耍泼撒野让这里不得安宁。你的那位医生也说过，一杯朗姆酒不会要了我的命的。为这一小杯朗姆酒，我付一枚金币给你，吉姆。”

他变得越来越激动，这可能会惊扰到我的父亲。那天，我父亲的情况非常不好，需要好好静养。而且，他提起医生曾说过的话，让我略感心安，就让他喝上一小杯也不会怎样，只是他对我进行的贿赂让我觉得受到了侮辱。

“我不要你的一分钱，”我对他说，“但是希望你能尽快付清欠我父亲的钱。我会给你拿一小杯朗姆酒的，仅此一杯。”

我递给他朗姆酒后，他贪婪地接过去，将酒一饮而尽。

“啊，啊，”他长舒一口气，“我感觉好多了，真的，不能再好了。嘿，小兄弟，那个医生说我要在床上躺多久？”

“最少一星期。”我说。

“什么！”他嚷了起来，“一星期！我不能在这里待这么久，过几天他们就会给我一张黑券的。在这个倒霉的节骨眼，那些蠢货们都会闻风找上门来。他们连自己的东西都保不住，只会惦记别人的。我想知道他们这些人的行为真的符合做水手的规矩吗？我向来是一个节俭的人，从不乱花一分钱，也不会随便丢弃它们。我谁都不怕，让我再跟他们玩玩吧。小老弟，我将再次起程，让他们的诡计落空。”

他一边说着一边想从床上起来，但这并不容易，他双手使劲地撑在我的肩膀上，力气大得几乎要把我压哭了。他移动自己的双腿时，好像在搬动铅块一样。他说的话十分凶狠，与虚弱的声音形成极大的反差。当他在床边坐好后，他停了下来。

“我被那个医生害惨了，”他喃喃道，“我的耳朵在轰轰作响，还是放我躺下吧。”

我还没来得及扶他，他就已经躺回了刚才的地方。

“吉姆，”过了好长一段时间他才说道，“今天，你看到那个水手了吗？”

“黑狗？”

“对，黑狗，”他接着说了下去，“他是个坏蛋，但是派他来的人比他更坏。假如我无法脱身，他们又对我下了黑券的话，我告诉你，他们就是冲着我的箱子来的。那时，你就骑上马——你会骑马的，对吧？是的，你就骑上快马，去找——对，我知道了——去找那个医生治安官，你让他召集人手，比如安全官之类的人来，在‘本鲍上将’将他们全部抓获。把老弗林特的那些旧部下，不管老的少的，都抓起来。我曾经是老弗林特的大副，只有我一个人知道那个地方在哪儿。他是在萨凡纳把东西交给我的，那时候他快要死了，像我现在一样躺着。但是，如果他们没有给我下黑券，你就不要声张，除非你看到黑狗又来了，或者是独腿水手出现了。吉姆，记住当心那个独腿水手。”

“可船长，什么是黑券？”我问道。

“那是一种类似传票的东西，小兄弟。如果他们这么做了我会告诉你的。你一定要瞪大双眼，吉姆，到时候好处我会跟你对半分的，我以我的人格担保。”

他说话的声音越来越低，神情渐渐迷离。我给他喂了一些药，他像个孩子一般嘟囔着“我恐怕是唯一吃药的水手”，接着就陷入了昏睡中，我也离开了房间。我并不知道当下该做些什么。也许我应该将事情一五一十地全部告诉利夫西医生。我只是个普通的小角色，老船长会不会突然后悔告诉我这一切而杀我灭口呢？我开始后怕起来。还没容我多想，我父亲就在那一晚骤然离世了，于是其他所有事都被我抛在脑后。我当时十分悲痛，既要接待邻居的吊唁，料理父亲的后世，又要处理酒店的日常事务，所有的一切搞得我焦头烂额，根本顾不上老船长的事，也就没有时间害怕了。

第二天早上，老船长可以下楼了。当然，他下楼为的是吃早餐，但是他吃得不多，却想要更多的朗姆酒。我有些害怕，于是他自顾自地走到吧台取朗姆酒。他紧皱着眉头，鼻子呼呼地喘着粗气，没有人敢阻拦他。在父亲下葬的前夜，他像往常一样喝得烂醉如泥，在这个充满悲伤的房子里，跑着调唱他那首难听至极的水手歌，这越发让人觉得恐怖。但他是那样的虚弱，我们甚至觉得他随时可能会死去。利夫西医生当时在千里外的地方出诊，自从父亲去世以后，他就再没来过我家。我前面说老船长的身体非常虚弱，事实上情况更糟，他的身体每况愈下。他整天在酒店里上上下下地巡查，从客厅走到酒吧再走回客厅，不过有时也将鼻子伸到门外使劲地闻海的味道。他要靠在墙上寻求支撑，呼吸困难而急促，仿佛一个在绝壁上攀岩的人。他并不刻意找我谈话，但愿他已经忘记了我们之间曾有过的秘密对话。他的脾气比以前更差，随着身体越来越虚弱，他变得越来越暴力。他常常在喝酒时掏出刀来，就那么赤裸裸地将刀子放在桌上。他越来越不在意别人的看法，一个人坐在那里任思想神游。那天，他竟然唱起了一首乡村爱情歌曲，令我们瞠目结舌，这首歌一定是在他当水手之前就会唱的。

日子就这样过去了，葬礼后的第二天，下午3点的时候，雾气非常浓重，我站在酒店的门口正思念着我的父亲。这时，一个瞎子从大道上缓缓走来，他边走边用一根棍子在前面探路。这个人的眼睛和鼻子被一个绿色的罩子遮了起来，他驼着背，不是因为年纪非常大，就是因为身体非常不好。他穿一件带帽子的破旧水手斗篷，这令他看起来更加怪异。他是我这辈子见过的最古怪的人。他在酒店前面停了下来，提高了声音，用一种古怪的好像唱歌的音调对着前面的空气说起话来：

“哪位好心人可以帮助我这个可怜的瞎子，一个为了保卫我们伟大的祖国英格兰和神圣的乔治王而失去双眼的人？谁能告诉我，我现在在镇子的哪个位置？”

“先生，您现在在‘本鲍上将’酒店门前，这里是黑山湾。”我回答道。

“我听到了你的声音，”他说，“一个年轻的声音。这位年轻的朋友，你能给我你的手，带我进去吗？”

我刚伸出手，那个有些吓人的、声音细弱的、没有双眼的人便立刻抓住了我。他的手像钳子一样有力。我吓了一跳，想把手收回来，却被那个瞎子一下子拉到他的身旁。

“好了，孩子，”他说，“带我去见船长吧。”

“先生，”我说，“我不敢到他那里去。”

“噢，”他冷笑着说，“带我去见他，除非你的手臂想被我拧断。”

正说着，他使劲拧了我一下，我忍不住大叫起来。

“先生，”我哀求道，“我是为了你好。船长跟从前不一样了，他就算坐在那里，也要把刀抽出来放在眼前。已经有一位先生……”

“少说废话，快走！”他不由分说地打断了我。我从没有听过如此残酷、冰冷的声音，尤其还是从如此丑陋的一个瞎子嘴里说出来的。这声音带来的恐惧远远大于身体的疼痛。我马上按照他说的去做，穿过大门径直朝客厅走去。我们那个身体虚弱的老船长此时正烂醉如泥地瘫坐在那里。那个瞎子用铁钳一样的手将我的手紧紧地攥住，身体靠着我，几乎将整个身子的分量都压在我身上。“带我直接去见他，当他能看到我时，你就大声对他说：‘你的朋友来了，比尔！’如果你不照做，这就是你的下场。”他使劲地拧了我一下，疼得我差点儿昏了过去。相比较两方而言，我对瞎子的恐惧远远大于对老船长的恐惧，甚至我已经忘了要害怕老船长。我打开了客厅的门，像瞎子教我的一样喊出了那句话。

可怜的老船长抬起了眼皮，只看了一眼就醉意全无，直直地盯着瞎子。他的表情与其说是恐惧，倒不如说是看到了自己的死期的样子。他动了动，想站起身来，但我觉得他已经无力做到这一点了。

“你就坐在那里吧，比尔，”那个瞎子说，“尽管我看不到，但是我听到了你手指颤抖的声音。公事公办吧，伸出你的左手来。

孩子，抓住他的左手腕将它放进我的右手。”

我们两个都乖乖地按他说的去做了。我看到瞎子从握着拐杖的手心里拿出什么东西放进了老船长的手心，然后老船长紧紧地攥住了它。

“好了，我的工作完成了。”瞎子说完就迅速地放开了我的手，以令人难以确信的速度，敏捷地离开了酒店来到了大街上。我仍旧呆呆地站着，听着瞎子的木棍敲打着地面渐渐远去。

不知过了多久，我跟老船长才回过神来。几乎在我放开刚才一直紧握的老船长的手腕的同时，老船长也收回了手，然后急忙张开手掌，看向掌心。

“10点！”他叫道，“我们只有6小时来对付他们了。”说着他飞身起来。

尽管他站起来了，但我看到他抓住喉咙，身体颤抖了一阵子，接着就脸朝下直直地倒在了地上。

我立刻跑向他，并大声地呼喊我的母亲。但是于事无补，老船长就这样死于中风了。令我感到费解的是，我对老船长从未有过好感，从最近开始才对他有一些怜悯之心，但是就在他死去的那一刻，我的眼泪却如决堤的洪水一般涌了出来。这是我见到的第二个死亡，而那时因父亲的离世而产生的悲痛依然存于我的心里。

第四章 水手皮箱

我马上将我知道的一切都告诉给母亲，也许我早就该告诉她，我们立刻意识到眼前的处境非常艰难与危险。这个男人的钱——如果他真的有的话——里面当然有我们的一份，不过老船长的同伴们恐怕是不会同意的。看看之前出现过的两个人吧，黑狗和那个瞎子，不可能用抢来的钱去偿还老船长生前的债务。如果我按老船长说的马上骑马去找利夫西医生，那么母亲自己留在这里，将会处于无人保护的境地，之前我们并没有意识到这一点。

事实上，对我们两个人来说，在这里待得越久就会越感到不安。厨房火上的烧煤声，墙上钟表的滴答声，都令我们惶恐不已。我们甚至产生了幻听，总觉得外面传来向这里走近的脚步声。老船长逐渐失去温度的身体此时一动不动地躺在客厅，可怕的瞎子就在附近徘徊，可能随时都会回来，我们吓得几乎就要灵魂出窍了。于是，我们迅速做出一个决定，一起到附近的村子里寻求帮助。说走就走，我们甚至连帽子都来不及戴，便一头冲进布满迷雾的夜色中。

那个小村子离这里只有几百码[1]远，尽管现在还看不到它，其实

1 1码约为0.9米。——译者注

它就在下一个海湾的旁边。令人略感欣慰的是，村子与瞎子出现的方向刚好相反，就算瞎子再回过头来找，我们也不会碰上。我们并没有在路上耽搁太长时间，虽然偶尔我们也会停下来，手拉着手屏息凝听四周的动静，好在并没有什么异常，只有波涛的低吼声和树上乌鸦的哀鸣声。

我们来到村里时，已是灯火通明。我至今都不会忘记，当我看到从每家的窗户和房门内透出橙黄色的灯光时，那种雀跃的心情，但这也是我们在这里所能得到的最大帮助了。那些人难道不会为自己的所作所为而感到羞愧吗？他们当中竟没有一个人愿意同我们一起回“本鲍上将”去。我们对自己的遭遇说得越多，那些男的、女的和他们的孩子就越会缩进自己的小屋。虽然弗林特船长的名字对我来说十分陌生，但是显然这里的村民已听过关于他的太多传闻，并且早已闻风丧胆。记得村里有几个在“本鲍上将”附近种地的庄稼人，曾经在路上遇到过几个陌生人，他们误把那些人当成走私犯，当下落荒而逃，仅仅因为他们中的一个人看到凯特湾里停着一条小帆船。由此可见，只要是弗林特船长的部下，无论是谁，都能吓破他们的胆。最终的结果是，有几个人愿意骑马去找利夫西医生请求救援，但是跟我们一起回去守护酒店这件事就没人愿意了。

有人说过，胆小是会传染的，但是争论却能给人以勇气。等每个人都表达完自己的意思后，我的母亲开始了慷慨陈词的演讲。她向大家宣称，她不会让已经失去父亲的孩子再失去属于他父亲的钱。“就算没有一个人敢和我们一起回去，我们也会回去的！”她说，“我们会沿着来时的路走回去，对你们这些没有胆子的大块头不会有一点儿感激之情。就算是搭上性命，我也要将那个箱子打开。谢谢你给我的袋子，克罗斯利太太，我们会用它装满我们应得的钱。”

当然，我也表示要同我的母亲一起回去，所有人都大呼小叫起来，说我们的行为过于愚蠢，但直到最后也没人愿意同我们一起走。他们所能为我们做的就是交给我们一把上了膛的枪[1]，在遇到袭击的时候用来防身。另外，他们也承诺，如果我们在返回的途中遭遇追捕，会备好马来接应我们。与此同时，他们还派人去找利夫西医生寻求援助。

当我们在这个寒冷的夜里终于踏上凶险的征途时，我的心都快要跳出来了。一轮满月悄悄地升上天空，从迷雾的上方散发出幽幽的红光。这让我们的行动变得更加匆忙。很明显当我们返身回去的时候，月亮会把这里照得如同白昼一样，我们的行踪将被完全暴露在追踪者眼中。我们迅速地在树篱中穿梭，尽量不发出声响，所幸路上并没有看到或者听到什么让我们担心的人和事。直到我们走进酒店将“本鲍上将”的大门重重地关上，一颗悬着的心才落了下来。

我马上从里面插上门闩，站在黑暗中大口地喘气，房间里只有老船长的尸体孤零零地躺着。母亲从吧台取了一支蜡烛，我俩手挽着手走进了客厅。他躺在那里的姿势如同我们离开时一样，仰面朝上睁着双眼，一只胳膊向外伸着。

“拉下百叶窗，吉姆，”母亲轻声对我说，“不然他们可以从外面监视我们。马上做。”我正按她说的话去做时，她又说道：“我们要把他的钥匙找到，但是谁敢碰他呢，我的老天爷啊，请告诉我。”说着她的声音变成了抽泣。

我马上跪在地上。地板上接近船长手掌的位置有一张小纸片，纸片的一面被完全涂黑了。我确信那就是黑券。我捡起它，看到另

1 那时候的枪每次只能装配一发子弹，发射之后需重新填装弹药。——译者注

一面用非常漂亮的手写体写着："今晚10点就是你的死期。"

"他们要他10点死，妈妈。"我的话音未落，我们那座又老又笨的钟就响了起来。这突如其来的声响吓得我们浑身颤抖，但它也带来了一个好消息，那就是现在才6点。

"现在，吉姆，"母亲说道，"先找钥匙。"

我一个接一个地翻遍了船长的口袋，只发现几枚硬币、一个顶针、几根线和缝衣针、一根被咬掉尾巴的烟卷、一把小弯刀、一个袖珍指南针、一个火绒盒——这就是全部了，我变得非常失望。

"没准挂在他的脖子上。"我母亲提醒说。

我压抑住内心的厌恶，扯开他衬衫的领子，他的脖子上果然有一根油乎乎的绳子，我将绳子切断得到了钥匙。这小小的成功使我们充满了希望，毫不迟疑地跑到楼上他的房间去。他已经在这里住了很久，那个箱子自打他来时就被放在那里了。

这个箱子从外表看与其他箱子没有任何区别，上面用烙铁印上了他名字的首字母"B"。由于长期使用，箱角已经被磨损得有些严重了。

"给我钥匙。"我母亲说。虽然钥匙孔有些涩，但随着她转动钥匙，箱子还是一下子就被打开了。

一股强烈的烟草混着柏油的味道冲了出来，最上层只有一件叠得整整齐齐的被洗刷干净的套装。母亲说，它看起来从未被穿过。下面是一些杂物，一个四分仪、一个锡制的酒杯、几根烟、两把非常漂亮的手枪、一根银条、一个老式的西班牙怀表、一些不值钱的外国制造的首饰、一个黄铜做的圆规和五六个珍奇的来自西印度洋的贝壳。我后来想起这些仍旧非常疑惑，他这样一个颠沛流离的人，因为罪孽深重长期被人追踪，为何会一直带着这些贝壳呢？

除了一根银条和外国的首饰，我们再也没能发现什么值钱的东西了，这些似乎对我们来说也没什么用。再往下是一个经历过多个海港洗礼的、早已被盐水浸成白色的水手斗篷。母亲不耐烦地把它拽了出来。最后映入眼帘的是躺在箱底的一个油布包裹，里面有一些文件和一个帆布袋子，碰一碰竟然发出金子撞击的声音。

“我要证明给那些恶棍看，我是一个讲信用的女人，”我的母亲接着说，“我只会拿走属于我的那份钱，多一分我都不会要的。帮我撑开克罗斯利太太的袋子。”然后她开始从船长的钱袋里数钱，放到我手中的袋子里。

这真是件费时费力的工作，因为这些钱币来自不同的国家，有着不同的面额——有西班牙金币、法国的金路易、英国的畿尼和西班牙银币，除此之外我就不认识了。它们被混乱地堆在一起，畿尼是数量最少的钱币，但却是我母亲唯一知道如何换算的币种。

当我们数到一半的时候，我突然将手放在了母亲的胳膊上，在这被迷雾笼罩寂静无声的夜晚，我听到的声音足以让我的心脏从嗓子眼里蹦出来，那就是瞎子的木棍敲击冰冷的地面的声音。声音变得越来越近，我们屏住呼吸坐在那里。然后，木棍开始猛烈地敲击酒店前门，还有人在转动门把手，门闩被推得吱呀作响，接下来前门里外都陷入一片寂静。最后，门外又响起了嗒嗒的敲击声。令人感到庆幸的是，这声音变得越来越远直至消失在夜空中，那种欣喜简直难以言表。

“妈妈，”我说，“我们带上全部的钱赶快走吧。”我确信闩上门闩的前门使他起了疑心，没过多久就会招来更多的是非。那时的我非常庆幸自己闩上了前门，那些没有见过瞎子的人是不会理解我的心情的。

虽然我的母亲当时也怕得要命，但是却固执地既不肯多拿一分不属于她的钱财，也不愿意少拿一分属于自己的钱财。“现在还不到7点，”她说，“我们还有时间。”她知道自己的权利是什么，并坚持要捍卫它。我们争执起来，直到从小山丘那边传来一声低低的口哨声，才终止了我们的争论。

“带上我们数好的钱！”她说着跳起身来。

“那我就用它来抵债好了。”我边说边拿起了油布包。

蜡烛被我们留在了空皮箱旁，我们摸索着走下楼梯，打开房门全力逃了出去。我们出发的时候已经不早了，雾很快就要散开了，月光将高地那边照得清清楚楚，只有山谷底部正中的位置和酒店门前还笼罩着一层薄雾，帮我们进行第一步潜逃。在山谷阴影不远处，离小村庄还有一半多路程的地方，是完全暴露在月光下的。不仅如此，我们听到几个人奔跑的脚步声已经离我们越来越近了。我回头确认他们的位置，一束摇动的灯光正在快速地前进中，显然他们中的一个人提着一盏灯。

“我亲爱的孩子，”我的母亲突然说道，“拿上钱快跑，我已经跑不动了！”我想，我们一定死到临头了。我谴责那些胆小的邻村人，抱怨母亲是那么诚实却又贪婪，她刚才是那么的蛮勇大胆，现在却如此弱不禁风。幸运的是，我们恰巧走到一个小桥边，我搀扶着颤抖的母亲往堤岸走去。刚一到那里，我母亲就长叹一口气倒在了我的肩膀上。我不知道哪里来的蛮力——想必当时我的动作一定非常粗鲁——设法拖着我的母亲往拱桥下的坡道走去。但是由于桥太矮了，我只好匍匐着移动，最终我们不得不停下来，我母亲几乎整个暴露在外面。我们就那样静静地待在那里，听着酒店那边传来的声音。

第五章　瞎子的下场

不可思议的是，我的好奇心战胜了胆怯。我并没有一直躲在桥下，而是重新爬上岸藏到一簇金雀花后面，以便可以窥探我家酒店门前的情况。我还没有完全藏好时，敌人就跑了过来。他们大概有七八个人，一个紧接着一个地在路上奔跑，拿灯的那个人跑在最前面。有三个人互相搀扶着一起跑在路上。尽管被迷雾阻挡住了视线，但我仍旧辨认出中间的那个人就是瞎子。接着，他的声音也证明了我是对的。

“打开门！”瞎子大叫着。

“是，是，先生。”两三个人同时答道，接着他们就冲向了“本鲍上将”，拿着灯的人紧跟着他们。没多会儿，他们停了下来低声交谈着什么，因为他们看到大门是打开着的感到非常惊讶。停顿的时间并不长，瞎子就再次下达了命令，他的声音又高又尖，仿佛愤怒和欲望被同时点燃一般。

“进去，进去，快进去！”他大声叫嚷着，唯恐有人脚步慢了。

四五个人马上冲了进去，留下两个人站在路边陪着这个令人生畏的瞎子。一阵寂静之后，屋子里有人大喊道：“比尔死了！”

瞎子因为他们慢半拍的行动又开始咒骂起来。

“搜他的身，你们这些傻大个！其他人去楼上找他的箱子！”他大喊着。

我能听见他们踩在我家旧楼梯上的声音，他们仿佛要把整栋房子踩碎。接着又有人惊讶地尖叫起来，船长房间的窗户被猛地打开了，同时还有玻璃破碎的声音。一个人探出头和肩膀，在明亮的月色中向站在大道上的瞎子汇报。

“皮乌！”他喊道，“有人抢在我们前面了，箱子已经被人翻了个底朝天。”

“那个东西还在吗？”瞎子皮乌问道。

“钱还在这儿。”

瞎子咒骂起钱来。

“我指的是弗林特掌握的线索。”他说。

“我们没有看到那种东西。”那个人回答道。

“嘿，你们楼下的人，从比尔身上发现什么没有？”瞎子又喊了起来。

另一个人走到酒店门口，应该是在楼下搜比尔身的其中一个，对瞎子说:“比尔已经被人搜过身了，什么都没留下。”

“一定是酒店里的人干的——那个男孩，我真想挖出他的眼珠子来!”瞎子皮乌大吼大叫道，“他们一定刚走没一会儿——刚才我想打开门的时候，门还是锁着的。伙计们，我们分头去找他们。”

“一定没错，他们把蜡烛落在这里了。”从窗户探出头的人说。

“分头行动！我要把这栋房子翻个底朝天！”瞎子皮乌一边说

着一边用木棍不断地敲击着地面。

然后，我们那个可怜的老酒店被翻了个彻底。我听到他们在屋子里走来走去，摔屋子里的家具、踢各个房间的门，震得石头都有了回声。这些人说找不到我们，于是一个接一个地走出酒店。正在这时，刚才我母亲数钱时听到的口哨声又响了起来，不过这次是两声，清晰无比地回荡在夜空中。起先，我以为这是瞎子纠集同伙的哨音，现在我才清楚，这是从山下小村庄发出的信号。海盗们听到哨音的反应，很明显是觉得危险正在慢慢靠近。

“又是德克，”有人说，“连续两声口哨，我们必须马上撤，伙计们。”

“撤退？你这个懦夫！”皮乌破口大骂起来。“德克就是个胆小的蠢货，根本不值一提。酒店的人一定就在附近，他们跑不远的，我们肯定能抓住他们。快分头去找，狗杂种。啊，真要被你们气死了！”他嚷嚷道，“我要是能看见就好了！”

他的话起到了一些作用。两个人继续在废墟里翻找，但是我想他们的心思一定不在这里了，谁不更关心自己的小命呢？其他人都踌躇不决地站在路旁。

“你们马上就要得到这笔巨额财富了，蠢蛋们，却在关键时刻掉链子！如果我们能找到它，我们将富可敌国！这笔钱几乎唾手可得了，你们却呆呆地站在这里像个木头人。你们没有一个人敢单独面对比尔，只有我这个瞎子敢站出来！现在拜你们所赐，我前面所做的努力都白费了！我本来不会这么落魄，看起来像个乞丐，只能喝劣质的朗姆酒，我差点儿就可以坐在马车里喝香槟了。如果你们没有这么软弱无能，我们肯定能抓住他们！”

“打住吧，皮乌，我们已经得到许多西班牙金币了。”一个人嘟囔道。

“他们也许将东西藏起来了。”另外一个人说，“这些英国金币给你，别继续站在这里骂骂咧咧了。”

骂骂咧咧这个词用来形容皮乌再合适不过了。皮乌在别人的指责下，终于抑制不住怒火，用他手中的棍子胡乱地敲打身边的人。

因此，这些人也开始回骂这个发疯的瞎子，放狠话恐吓他，想要夺走他手中的棍子，不过都没能得逞。

这场闹剧却救了我们，眼看他们的内讧变得越来越激烈，远远地从小村庄方向的山顶上传来飞驰的马蹄声，与此同时响起了一声枪响，一个明亮的信号弹从篱笆那边射出，照亮了天空。显然这对海盗来讲是最后的警告，他们立刻转身四散逃窜。有的向海湾那边的大海跑去，有的斜跑着翻越了小山坡。不足片刻，大路上就只剩下皮乌一个人了。不知道他们是真的因慌张遗忘了他，还是因愤恨而故意抛弃他。皮乌一个人远远地落在后面，他拼命地用木棍敲击着地面，呼喊着同伴的名字想要找到逃命的路。最后却跑向了错误的方向，他从我的身边经过向着小村庄跑了过去，一边呼喊着“约翰尼、黑狗、德克”，还有一些其他人的名字，“不要丢下老皮乌——我的兄弟们，别丢下老皮乌！”

正在这时，马蹄声已经翻过山顶，皎洁的月光下有四五个骑手从山上奋力冲了下来。

皮乌也意识到自己犯下了大错，尖叫着调转方向却掉到水沟里。他跌倒在地，晕头转向地爬起来，却不幸撞上了跑过来的马群。

骑手想伸手救他，却没能成功。皮乌的身体倒了下去，他的惨叫声几乎刺破了夜空。马的四只蹄子踏在了他的身上，他的身子翻倒在一旁，脸贴着地面，然后就一动不动了。

我蹿了出来，呼喊着骑马的人。他们被我的举动吓了一跳，急忙拉住马停下。我这才认出来其中有一个人就是村子中去寻求援助的人，其他人都是他找来的救兵。行政官丹斯已经听说凯特湾出现了一艘小帆船，当时就打算过来巡查。多亏如此，我和母亲终于平安无事了。

皮乌死了，身体像石头一样硬。我们把母亲带回村子，给她喝了一点儿凉盐水，她很快就清醒过来。尽管经历了如此多的劫难，母亲还在为少拿了钱而懊悔。

行政长官立刻就骑着马向凯特湾奔驰而去了，其他人因为要在山谷中行走，出于安全和避免被偷袭，不得不下马潜伏而行。等他们到达海湾时，帆船已经离开港口了，但是也没驶出多远。行政官冲他们大喊，叫他们回来，船上的人却警告他走远点儿，小心吃枪子。话音未落，一颗子弹呼啸着向他飞来，擦破了他的手臂。没过多久，帆船就绕过海峡消失在海上了。丹斯先生站在那里说自己“如同离开水的鱼一样”。此时他所能做的就是叫人到B点通知水上戒备。“尽管如此，却也无济于事了。他们溜走了，事情到这里就告一段落了。只有一点，”他补充道，“我很高兴，老皮乌已经惨死在马蹄下了。”先前我已经告诉他这件事了。

我们一同返回“本鲍上将”。你简直难以想象屋里的惨状，那座老钟也在他们寻找我跟母亲的时候被掀翻在地。虽然最终他们带走的只有老船长的钱袋和屋子里的钱财，其他什么也没拿走，但我还是深深地感到我们已经一无所有了。面对这一切，丹斯先生也觉得非常难以理解。

“你不是说他们已经把钱拿走了吗？但是，霍金斯，他们还在找什么呢？想要更多的钱，对吗？”

“不，先生，我不这么认为，”我回答道，“事实上，我觉得他们想要找的东西，现在就在我的口袋里。我想为它找一个更安全的藏身之处。”

“你说得对，孩子，非常正确。”他说，“如果你愿意的话，我可以帮你保管。”

“我在想，可能利夫西医生……”我开口说道。

“好主意！”他非常欣喜地打断了我的话，“非常对，他既是位绅士又是治安官。现在我认为，我应该亲自赶去向他或者其他地方官汇报这件事。事情已经结束了，皮乌死了，这件事我一点儿都不自责。但是有些不了解实情的人，可能会拿他的死亡找地方官的麻烦。霍金斯，如果你现在想同我一起去的话，我可以带上你。”

我非常感谢他对我的热心帮助，便一同走到小村庄，那里为我准备的马还在。在我告诉母亲我的决定的时候，马已被上好马鞍了。

“道格，”丹斯先生说，“你的马最好，让这孩子坐你身后吧。”

我刚坐上马抓住道格的腰带，行政官便发出了出发的口令，我们一行人就精神饱满地向利夫西医生家出发了。

第六章　老船长的文件

我们骑着马一路飞奔，直到利夫西医生家大门前才停下来。但他家的房子漆黑一片。

丹斯先生让我去敲门，道格把他的马镫空出给我用来下马。刚一敲门，立刻就有一个女仆前来开门。

“利夫西医生在家吗？”我问道。

女仆说他现在不在家。下午他曾回来过，然后就去乡绅家吃晚饭了，并会在那里度过整个晚上。

“我们现在就去那里，小伙子们。”丹斯先生说道。

这次因为距离并不远，我就没有上马，拉着道格的马镫跑了过去。这条狭长道路的两边没有树荫，月光温柔地铺满道路，路的尽头是一栋白色的府邸，左右两旁各有一个古老的花园。丹斯先生在这里翻身下马，通报过后，我们就随着他一起进去了。

仆人指引我们通过一条铺着地毯的长廊，走进一间像图书馆一样的书房，里面放着好几排书架，书架顶上还有石膏像。乡绅和利夫西医生正坐在明亮的壁炉边抽着烟斗。

我从来没有像这样近距离地观察过乡绅，他的个子非常高，已经超过了6英尺[1]，身材看起来既匀称又魁梧。从他粗犷并且皱纹交错的脸上可以看出，他这一生历尽沧桑。他总是不停地挑动自己黑色的浓眉，由此看出他是个暴脾气，但这并不是说他不好，只是过于急躁罢了。

“请进吧，丹斯先生。”乡绅说话的声音既洪亮又彬彬有礼。

“晚上好，丹斯，”医生边说边对他点头示意，“晚上好，我的朋友吉姆，什么风把你们吹来了？”

行政官笔挺地站在那里向他们讲述整个故事。两位绅士听得非常入神，惊讶的同时身体前倾着互相看着对方，甚至忘记了手中的烟斗。尤其是当他们听说我母亲决心返回酒店时，利夫西医生猛地拍了一下自己的大腿，乡绅也大叫：“太厉害了！”兴奋得不小心将烟斗在墙上撞坏了。在这之前特里劳尼先生（也就是乡绅）就坐不住了，在屋里走来走去。医生好像为了能听得更清楚一些，摘下了涂粉的假发，他黑色的短发紧贴着头皮，看起来十分怪异。

终于，丹斯先生讲完了整个故事。

“丹斯先生，”乡绅说，“你真的非常勇猛。被马蹄踩死的那个瞎子，他那么粗俗、心狠手辣，也是罪有应得，就当我们碾死了一只恶心的蟑螂。霍金斯这孩子真是好样的！来，霍金斯，帮我拉一下那个铃，我们为丹斯先生端上一杯啤酒。”

“吉姆，”医生对我说，“他们想要的东西是不是在你身上？”

“对，在我这里，先生。”我边说边把油布包交给他。

医生接过布包仔细地打量，看得出他非常想整个打开看个究

---

1 1英尺约为0.3米。——译者注

竟。但他还是按捺住自己的好奇心，把油布包平静地装进自己的上衣口袋。

“特里劳尼先生，”医生说，“丹斯喝完这杯酒还要回去继续为我们的陛下效劳。至于吉姆·霍金斯，我想让他留下，今晚就住在我这里。当然，如果你同意的话，可否给他吃个冷馅饼，我想他早就饿了。”

“都听你的，利夫西，”乡绅说道，“霍金斯值得吃上更好的一顿。”

很快乡绅就命人端上一个鸽子肉的大馅饼放在桌子上。我早就饿了，顾不上许多敞开肚皮大吃了一顿。中间我听到他们还称赞了丹斯先生几次，然后丹斯先生就离开了。

“现在，特里劳尼先生。”医生说。

“现在，利夫西医生！”几乎同时另一个声音也叫道。

“一个一个说吧，”利夫西医生笑了起来，“我想，你肯定听说过弗林特吧？”

“听说过他！”乡绅大声地说道，“怎么可能没听说过他！那个在海上嗜血如命的海盗。那个有名的海盗黑胡子在他面前就是个小儿科。西班牙人一听到他的名字就被吓得半死。实话跟你说吧，跟他同为英国人，我有时候甚至感到自豪。我曾经在特立尼达拉岛附近看到过他的帆船的桅杆顶。我当时乘坐的那条船的船长是个胆小鬼，于是我们马上就调转船头向着与他相反的方向跑回西班牙港了。”

“是的，在英国我也听说过他，”医生说，“但问题的关键是，他非常有钱吗？”

“钱！”乡绅大叫起来，“你不是已经听到刚才的故事了吗？这些海盗除了钱还想要啥？除了钱他们眼里还有什么别的吗？他们过着铤而走险的生活不就是为了钱吗？”

“我们不久就能知道真相了，”医生答道，“不过你现在有点儿过于激动和兴奋了，我简直插不上话。我想知道的就是：如果我口袋里装着的就是弗林特宝藏的线索，那么这笔宝藏的数目会有多大？”

“非常大，医生！”乡绅忍不住喊了起来，“这笔宝藏的价值就是，我们值得去布里斯托尔搞一艘装备齐全的大船，你、我，还有霍金斯一起，按照你所说的线索去找上一整年。”

“非常好，”医生说，“既然这样，倘若吉姆同意的话，我们就把油布包打开。”边说着，他就将油布包放到了面前的桌子上。

包裹被线紧紧地缝了起来，医生只好从他的医疗器械箱里拿出医用剪子，小心地剪断缝线。打开后，包裹里面只有两样东西：一个笔记本和一卷密封的文件。

“我们先来看看这个笔记本。”医生率先说。

他打开本子的时候，我跟乡绅都从他的背后探过身子往里面看。利夫西医生温柔地示意我走到桌子的另一边近一点儿的地方，跟他一起感受寻宝的乐趣。本子的扉页上有一些涂鸦般的字迹，好像是无聊的时候随手乱写出来的。有一个跟老船长身上的刺青一样的图案“比尔·博恩斯的珍爱之物”，然后就是“大副W·博恩斯先生”“朗姆酒没有了”“棕榈树下得到它”等让人看不懂的只言片语。是谁得到了“它”，这个“它”又是什么呢？是他身上的刺青吗？好像是又不太像。

“这里好像没什么线索。”利夫西医生说着把笔记本不断地往后翻。

后面的第十页到第十二页之间记满了奇怪的数字。这有点儿像账本，每行的一头写着日期，另一头写着钱数，项目那一栏却写着不同数量的十字。比如，1745年6月12日，将70镑的金额付给了某人，除此以外这行只有6个十字，没有其他的解释。个别几行里会写上地名，这里有“在加拉加斯附近”，或者只是经纬度，像“62度17分20秒，10度2分40秒”。

这里记录了大概二十年的账目，时间越往后金额累积得就越大。最后面还有算错了五六次以后，得到的一个非常大的总数，并写着“博恩斯的钱”。

“我看不明白这些内容。”利夫西医生说。

“已经很明显了，”乡绅嘟囔着说，“这是那个黑心的家伙的账本。上面的十字代表他们击沉的船数或者是抢劫的村庄数，那些钱数是他们分赃后他的所得。有一些容易搞混的地方，比如这里，他特意标注了一些说明，‘在加拉加斯附近’就是这个意思，那里有些靠近海岸的船不幸被他们袭击了。愿上帝能够拯救这些冤死的灵魂，他们现在早就沉到海底变成珊瑚虫了。”

“对！”医生说，“还是你这个旅行家懂得多。看这里，金额是随着他的职位升高而增加的。”

这个笔记本的最后几页在空白处标记了一些地点的位置，记录了法国、英国和西班牙钱币之间的兑换表，此外就没有什么内容了。

“真是个精于算计的家伙，”医生说，“估计没有谁能骗得了他。”

“现在，我们看看那卷文件吧。”乡绅说道。

这卷文件本该用火漆印戳的地方，被好几个顶针代替封了起来，就跟我在老船长口袋里找到的顶针一模一样。医生小心翼翼地将封口拆开，里面是一张岛屿的地图，详细地标注着经纬度、水深、山谷、海湾和港口的名字，包括如何让一艘船安全地停靠在岸边所要注意到的所有细节。岛长大概9英里[1]，宽5英里，外形看上去像一只站立着的胖龙。岛上有两个几乎全被陆地包围的避风港，一座名叫“望远镜”的小山矗立在岛的中央。图上标注的几个时间离现在不远，其中最为关键的是三个红墨水标出的十字，两个在岛的北边，一个在岛的西南。在西南的那个红十字旁边有着不同于老船长潦草字迹的一行整齐的红色小字，写着“大部分的宝藏藏于此处”。

翻过地图的背面，同样的笔迹详细地说明了一些内容：

望远镜山山坡的一棵大树，指向东北偏北。

骷髅岛的东南偏东。

10英尺。

银锭藏在北边；沿着东边的圆形山丘下坡，对着黑色岩石正南10英寻[2]处。

武器很容易找到，藏在北边港口小岬北的沙丘中，位置处于东部偏北1/4处。

杰·弗

这就是全部的文字内容了。写得虽然简单，可对我来说却很难理解。特里劳尼乡绅和利夫西医生此时却欣喜不已。

“利夫西，”乡绅说，“你别再当你那个无聊的医生了。明

1 1英里约为1.6千米。——译者注

2 一种英制长度单位，1英寻约为1.8米。——译者注

天我就出发去布里斯托尔港口。给我三周的时间——三周！也许两周……不，十天！我去找来全英国最好的船只和最顶尖的水手。霍金斯可以上船做服务生。你会是个非常出色的服务生，霍金斯。利夫西，你是船上的医生。我来做总管。我们带上雷德拉斯、乔伊斯和亨特。我们让船全速前进，一帆风顺地到达那个岛，然后毫不费力地获得大笔的财富。这笔钱随你怎么花，可以用来买吃的，也可以在上面打滚，甚至可以用来打鸭子，而且公鸭母鸭任你挑。”

“特里劳尼，”医生说，“我非常愿意与你一同前往，而且我敢肯定吉姆也会一起去，贡献他的力量。但是，我现在担心一个人。”

“你担心谁？”乡绅说，“告诉我，这个人是谁！”

“你，”医生回答说，“你是一个嘴巴不严的人。知道这些文件的人不止我们三人。那些今晚偷袭酒店的胆大妄为的恶棍，不论是逃到单桅船上的，还是逃窜到其他地方的，他们都不简单。我敢说，他们一定还在附近徘徊，下定决心无论如何也要找回这笔财富。在我们出海之前，谁都不要单独行动。吉姆这段时间就和我待在一起。你去布里斯托尔时，记得带上乔伊斯和亨特。并且，从头至尾我们中的任何一个人，都不能告诉其他人我们所发现的东西。”

“利夫西，”乡绅回答说，“你说得很对，我一定会把自己的嘴封得死死的。”

第二部分

随船伙夫

第七章　我到布里斯托尔

我们花费在准备上的时间比预期的长很多。我们开始计划的事情没有一件按预期实现的，就连利夫西医生说让我一直陪在他身边这件事也没办法做到。医生不得不去伦敦找一个能接替他工作的人，乡绅在布里斯托尔的港口忙得不可开交。我住在特里劳尼乡绅庄园里，在猎场管理员雷德拉斯的监管下，生活好像坐牢般不自在。我当时满脑子都是关于出海的想法，期待能踏上那座陌生的小岛开启冒险的旅程。我每天都边看着地图边思索，熟记上面每一个细节。我坐在猎区管理员小屋的炉火旁，想象着自己从不同的位置登上那座岛屿。我走遍了岛上的每一寸土地，无数次登上望远镜山的顶峰，看那里的景色风云变幻。有时，我要与岛上的野人搏斗，有时要逃脱岛上猛兽的追踪。但实际上，我们后来所遭遇的状况远比我想象出来的还要奇怪和悲惨许多。

好几周过去了，有一天我终于收到一封寄给利夫西医生的信，上面写着："如果医生不在，请把信交给汤姆·雷德拉斯或者小霍金斯。"遵从这段文字，我俩开启了这封信——更恰当地说是我，因为猎场管理员几乎不识字——得知了一些重要的信息。

古锚客栈，布里斯托尔，17XX年3月1日

亲爱的利夫西：

我不清楚你现在是在庄园还是在伦敦，所以这封信我写了两份，被同时寄到这两个地方。

我们的船已经准备好了，随时可以出发。你简直找不出一艘比她还棒的双桅船，就算是孩子都能够驾驭她。她的承载量足足有200吨。她的名字叫“希斯帕诺拉”。

我得到她都是拜我的老朋友布兰德利所赐。他是我们大家公认的大好人，一直尽心尽力地帮助我。我不得不说的是，每一个布里斯托尔人一听说我们要去寻找宝藏，都非常真诚地帮助我。

“雷德拉斯，”我停顿了一下，“这正是利夫西医生不愿意看到的，乡绅将这件事告诉给太多人了。”

“但是，谁说得好谁对谁错呢？”猎场管理员说，“如果乡绅真的按利夫西医生说的那样守口如瓶，才真是奇怪呢。”

我不便再多说什么，接着读了下去。

是布兰德利先找到“希斯帕诺拉”号的，然后以极低的价格快速地帮我买下了她。布里斯托尔有一些人对他的认识心存偏见。在他们眼中，布兰德利这个人为了钱会不择手段，并不是一个实实在在的人。他们说“希斯帕诺拉”号本来就是他的，然后他以虚高的价格卖给我，这分明就是在诋毁他。尽管如此，所有人也都说这是一艘名副其实的好船。

目前看来还没有出什么岔子，除了工人的问题以外，更确切地说是索具装配工人，他们的动作太慢了，幸好现在我们时间还算充足。最让我头疼的是整船的船员问题。

我本希望招足二十名船员，用来对付当地土著、海盗或者讨

厌的法国人，但我费尽力气只找到了六名船员。直到我遇到了那个完全符合我要求的人，好运才算是光顾我。

那天，我在甲板上偶然遇到他。通过闲聊，我才得知他曾经是一名水手，现在开着一家小酒馆。他说他认识所有布里斯托尔的水手。他现在身体不如从前了，所以只能谋个伙夫的活再次出海。他一大早瘸着腿到码头来，就是想再闻闻大海的味道。

我简直被他感动了，我想如果换做你也会如此。由于同情心作祟，我答应让他做我们船上的伙夫。大家都叫他约翰·西尔弗，他失去了一条腿。但正是如此，我们才更应该褒奖他，他曾是霍克将军的部下，是在保卫祖国的战斗中失去那条腿的。但不幸的是，他没能得到抚恤金。利夫西，我们生活的时代是多么的糟糕。

你知道吗，先生，起初我以为自己仅仅是找到了个伙夫，谁曾想竟然得到了一整船的人。西尔弗和我没几天就召到一群经验十足的水手，他们不仅仅像说的那样，从脸上就能看出他们个个都是饱经风霜的老手。我敢说，我们的实力足以摧毁一艘军舰。

约翰还从我招来的六个人里去除了两个，他一眼就看出这两个人没什么航海经验，没能力胜任这次探险。

我现在身体健康，精力充沛，胃口好得简直能吞下一整头牛，睡得也非常安稳。但只有当我听到水手们摇动绞盘的声音时，我才能真正开心起来。出海吧！找到那些宝藏！我现在整个心都已经漂在大海上航行了。利夫西，快来吧，让我们一刻都不要耽搁了，如果你信任我的话。

约翰·特里劳尼

又及：差点儿忘记跟你提布兰德利了。如果我们8月底还没有回来的话，他就会派别的船去找我们。我找到一个非常棒的船长，尽管他的性格非常固执——这方面有点儿令人遗憾，但其他方面都没得说。约翰·西尔弗帮我们找到一个非常适合做大副的人，他叫埃罗，还有个用哨音来召集水手的水手长。利夫西，也就是说，未来我们的“希斯帕诺拉”号将采取军事化管理。

我还应该告诉你，西尔弗这个人有点儿钱，我打听到他有自己的银行账户，并且从未透支过。他走后留下他的妻子打理他的酒店。他的妻子是个黑人，就算是你我这样的老光棍，大概也能猜到为什么他的身体这么不好还想要出海了吧？这应该和他的妻子有很大的关系。

约·特

再及：走之前让小霍金斯去他的母亲那里住上一晚。

约·特

你能想象得出我读过这封信后会有多兴奋。我高兴得简直快不知道自己是谁了，但也不至于因此让我看不起谁，只是汤姆·雷德拉斯多少让我有些讨厌。他整天就知道抱怨和叹息。他的每一个下属都能胜任他的职位，可特里劳尼偏偏选中了他。特里劳尼的话在乡里如同法律一样，没有人敢违背他的意愿，除了老雷德拉斯敢对他发发牢骚以外。

次日一早，我就同雷德拉斯一起回到“本鲍上将”探望我的母亲。我母亲的身体已经安然无恙了，精神也非常好。老船长已经死了，长期以来折磨我们的人也就不在了。乡绅帮助我们修葺了小酒店，重新粉刷了房间和招牌，帮我们买了些新家具，酒吧里的那把新座椅就是他买给我母亲的。此外，他还招来一个小男孩做酒店的学徒，以便我不在家的这段日子里给我母亲打下手。

当看到那个男孩时，我才第一次在那段日子里重新思考了自己的处境。我一直担心的都是我未来出海将要面对的困难，却从没有想过我即将离开的这个家。现在，当我看到这个陌生的小男孩，将要代替我在这里常伴我母亲的左右时，我忽然就流下眼泪来。恐怕我对他有些过于苛刻了，因为他完全是个新手，所以我上百次地纠正他的错误，一出错就批评贬低他，我迫不及待地想看到其中的效果。

一夜之后，第二天晚饭时分，我和雷德拉斯就离开这里重新上路了。我跟母亲道别，同时也与陪伴我长大的小海湾和亲爱的“本鲍上将”道别，尽管被重新装修过的小酒店看起来好像没有以前亲切了。最后，我想到了老船长，那个戴着三角帽、脸上刻着刀疤、腋下夹着黄铜望远镜的家伙，无数次地沿着海边散步。紧接着我们转了个弯，我家就完全消失在视野中了。

傍晚，我们在乔治国王旅店门口乘上了邮车。我被挤在雷德拉斯和一个矮胖的绅士中间。车行驶得非常快，尽管晚上的空气非常冷，我还是很快就打起盹儿来。我睡得非常死，我们的车翻上山岭越过溪谷，驶过了一站又一站我都毫不知情，直到有人戳我的肋骨，我才猛地醒了过来。我睁开眼睛，看到我们的车停在城市里一座巨大的建筑物前，此时天已经完全亮了。

“我们在哪儿？”我问道。

“布里斯托尔，”汤姆说，“下车。”

特里劳尼先生为了方便监督船上的工作住在了码头附近，那个酒店离城里很远，我们要徒步走到那里去。一路上我们经过了许多码头，这里有来自不同国家的船舶，让我欣喜不已。有艘船上，大家边唱着歌边干活；另一艘船上，水手爬到高过我头顶很多的桅杆顶上，我仰头看他们，绳子如同蜘蛛丝那么细。虽然我生下来就在海边长大，但却第一次觉得离海这么近，沥青和海风的味道是如此新鲜。我看到许多远渡重洋而来的船上有着风格迥异、精彩绝伦的船头雕像。我还看到许多老水手，戴着耳环，留着卷曲的络腮胡，涂了沥青的小辫看起来油亮发光。他们摇摇晃晃地踩着水手步走路。我就算看到再多的国王和主教也不会像此时这么开心。

我自己也要出海了，乘坐一艘双桅船。船上有吹哨子的水手长，还有梳着辫子唱着歌的水手们。我们将一起去寻找一座无人知晓的岛屿，岛上埋着装满金银珠宝的宝藏！

我还在做着白日梦时，不知不觉已经走到乡绅住的大酒店门前，准备与他会面。特里劳尼先生穿着一件沉稳的蓝色外套，看上去俨然一位海军军官。他笑着从酒店走了出来，故意模仿着水手走路的姿势。

“你们到了，”他喊道，“利夫西医生昨晚就从伦敦赶过来了。太棒了，我们将要一起出海的人都到齐了！”

“是的，先生，”我也大声说着，“我们什么时候出海？”

“出海！”他回答道，“明天我们就出海！”

第八章 望远镜酒店的标识牌

吃过早饭，特里劳尼先生递给我一张纸条，并叫我交给望远镜酒店的老板约翰·西尔弗。他告诉我，沿着码头一直走，很容易就能找到那家用铜制望远镜做招牌的酒店。一想到又可以看到码头上各国的船舶和水手，我便兴高采烈地出发了。我故意在车辆和人多的地方穿行。这里车水马龙，又恰逢码头上最热闹的时间段，许多人正在装卸货包。几番寻找之后，我终于看到了望远镜酒店。

这个亮堂的小地方一看就是个绝佳的娱乐场所。酒店崭新的招牌应该在不久前才粉刷过，整洁的红色窗帘十分显眼，细腻的沙子铺在地面上。酒店的两面都临街，各开了一扇门，大厅略显低矮，不过里面看起来还算宽敞。虽然里面烟雾缭绕，站在街上还是大抵能将酒馆里的情况看个清楚。

酒馆里的顾客多数都是水手，他们在里面高声交谈，吓得我不太敢进去。

正当我犹豫的时候，一个人从大厅内侧的屋子走了出来，那人必是约翰。他没有左腿，臀部以下空荡荡的。尽管如此，他左臂下面夹着的拐杖依然使他行走自如。他走起路来好像一只活泼的鸟在跳跃似的。这个人脸色苍白，脸盘像火腿的根部一样大。他是个高个子，体格强壮，脸上带着笑意，言语间透着睿智。他看起来心情不错，吹着口哨在大厅穿梭，不断地和熟客们开着玩笑或是拍一拍他们的肩膀。

老实讲，当我第一次从乡绅的信中得知约翰是个瘸子时，我就在想他会不会是老船长让我一直留心的独腿水手。但是只看了这人一眼我就放心了。我曾见识过老船长、黑狗和瞎子皮乌，知道一个海盗是什么样子的。我眼前的这个人衣着整洁，还有着一副好脾气，跟那些人是完全不同的。

我立刻鼓起勇气，跨过门槛径直向他走去。此时，他正倚在拐杖上跟一个客人聊天。

“您是西尔弗先生吗？”我边说边递给他乡绅的纸条。

“对，孩子。”他回答道，“正是在下。那么，你是谁？”他接过乡绅的纸条，看完以后吃惊地看着我。

“哦，”他突然说，声音有点儿夸张，并向我伸出手来，“我知道了，你是我们船上的服务生，很高兴见到你!”

此时，他粗糙的大手已经牢牢地握住了我的手。

正在这时，一个坐得离我们很远的客人突然站了起来，夺门而出。他坐得离门不远，瞬间就跑到了街上。但是他这不寻常的举动引起了我的注意，我只看一眼就认出他来，他就是黑狗。这个满脸横肉，少了两根指头的人是第一个来“本鲍上将”找老船长的人。

“快！”我大喊道，“拦住他，他是黑狗。”

“我才不在乎他是谁，”西尔弗喊道，“但是他没有结账。哈里，跑上去抓住他！”

坐在门口附近的一个人立刻跳了起来追上去。

“就算是霍克将军也必须结了账再走。”接着，西尔弗松开了我的手问我，“你说他叫什么？黑什么？”

“狗，先生，”我如实答道，“特里劳尼先生没跟你讲那些海盗的事吗？他就是其中之一。”

“原来是这样！”西尔弗大叫着说，“在我的地盘撒野。本，你赶快去帮助哈里。原来他是那些混蛋中的一个。你刚才在跟他一起喝酒吗，摩根？到我这里来。”

叫摩根的这个人头发灰白，脸色暗红，看上去是个老水手。他走过来时温顺得像只绵羊，嘴里还嚼着烟叶。

“摩根，”约翰·西尔弗说话的语气非常严厉，“你从没见过这个黑、黑狗，对不对？”

“没见过，先生。”摩根顺从地回答。

“你根本没听过他的名字，是吗？”

“是的，先生。”

“谢天谢地，汤姆·摩根，这样最好！”约翰大声地说，“如果你今后再像现在这样跟这种人混在一起，那么你别想再踏进我的酒馆。你要记住我的话。刚才他对你说了什么？”

“我也不是很清楚，先生。”摩根回答。

“你肩膀上长的是脑袋还是榆木疙瘩？”约翰冲他大嚷大叫，“别跟我说不清楚！你是真不清楚，还是搞不清现在在和谁说话呢？到这里来，跟我好好说清楚，他到底跟你说什么了？航海、船长、船舶？全部告诉我，快！”

“我们在聊‘拖龙骨’[1]。”摩根说。

“‘拖龙骨’，真的吗？也许真该让你尝尝那个滋味。滚回你的座位吧，老汤姆。”

等摩根滚回他的座位以后，西尔弗神神秘秘地凑近我，用一种近乎献媚的语气在我耳边说道：“他其实是个老实人，那个汤姆·摩根，就是人蠢了些。现在，”他的声音变得大了起来，“让我想想那个黑狗。这个名字我确实没有听过，不过黑狗这个人，我想我应该是见过。他同一个瞎子来过几次。”

“那肯定就是他了，你说得没错！”我激动地喊道，“那瞎子名叫皮乌！”

“是的，没错！”西尔弗也兴奋地说，“皮乌，正是皮乌。他看起来就像海中的鲨鱼一样凶残。如果我们能抓住黑狗，就能向特里劳尼先生报告这个好消息了。本可有一双飞毛腿，没几个人能跑得过他，让他去追黑狗一定没问题。上帝保佑我们吧！黑狗还在谈论‘拖龙骨’，哼哼，应该让他尝尝‘拖龙骨’的滋味才对。”

西尔弗从头到尾说这件事时都上蹿下跳的，并不时地拍打桌子，他说话的气势想必就算伦敦法官或是最高级别的警察长官在这里也会信服的。黑狗出现在望远镜酒店这件事，再一次动摇了我对西尔弗的信任，我仔细地观察着他的一举一动。但他的表现沉稳、机敏，我真的看不懂他。过了一会儿，跑去追黑狗的两个人气喘吁

---

1 一种海盗常用的酷刑。龙骨指的是一个连接船头和船尾的纵向构件，位于船的最底部。拖龙骨就是将人绑在龙骨上拖着走的刑罚。——译者注

吁地回来了，声称在人群中跟丢了他。西尔弗狠狠地把他俩骂了一顿。这使我深信西尔弗真是个好人。

“你看啊，霍金斯，”他说，“这对我来说真是件难搞的事，对吗？现在黑狗出现在我的酒店里了，特里劳尼先生会怎么想我呢？黑狗还曾在我的屋子里悠闲地喝着酒！幸好你在这里，才让我们知道了事情的真相，但我这个笨蛋却不小心放走了他，眼睁睁地看着他从所有人眼皮底下溜了。现在，霍金斯，只有你能在特里劳尼先生面前帮我讨回公道了。虽然你是个孩子，但你像画里画得那样聪明。从我看到你的第一眼起，我就看出来了。嘿，这就是事情的全部了， 我除了能夹着这根木头外，还能做些什么呢？放在以前，我还是个好样的水手时，一定冲上去抓住他！用我的双手稳稳地钳住他！可现如今——”

说到这里，他突然停了下来，低着头好像回想往事一般。

“结账！”他突然大叫道，“三杯朗姆酒钱！哎呀，我这根糟木头，竟然忘了他还欠我酒钱。”

他倒在板凳上大笑起来，笑得眼泪都流出来了。我也忍不住跟他一起笑起来，笑个没完没了，直到被酒店里的谈笑声淹没。

“我真是只没用的老海豹！”他说着擦掉了笑出来的眼泪，“你和我一定会相处愉快的，霍金斯。我觉得我也像个船上的小服务生一样。不过现在，我们该出发了。这事不会就此罢休的。一码归一码。等我去拿我的厨师帽，我们一起去找特里劳尼船主，告诉他在这里发生的一切。小老弟，这件事有点儿严重，你我都无法拿出证据证明自己的清白。这件事上，我们都不够机灵。不过关于酒钱的事，真是个好笑的段子。”

说着他又开怀大笑起来，笑得有些莫名其妙。我虽然并不觉得好笑，却也跟着一起哈哈大笑起来。

当我们走在通往码头的路上时，西尔弗成为我最有趣的同伴，他给我介绍看到的每一艘船，介绍它们的性能、吨位、船上的装备和所属的国家。他还给我详细地讲解了船上的工作，以及一艘船如何装舱、卸货，如何扬帆出海。他给我讲了一些关于船只或者水手的小故事，告诉我海上的特殊用语，并不断地重复直到我掌握为止。我开始相信他将是这次旅途中我最好的伙伴了。

我们抵达旅馆时，乡绅正和利夫西医生正坐在一起喝下最后一口啤酒，他们本打算喝完啤酒就去船上检查准备工作进行得如何。

长腿约翰从头到尾将刚才发生的事讲了一遍，整件事被他描绘得有声有色，没有一点儿疏漏。他一边讲还一边说："是这样的吧，霍金斯？"不断地寻求我的肯定。我只好在旁边不停地附和他，给予肯定。

两位绅士都觉得让黑狗逃掉是一件遗憾的事，但是我们也觉得对此无能为力。长腿约翰被大家表扬了一番后就离开了。

"所有人下午4点在船上集合！"乡绅冲着他离去的背影喊道。

"好的，先生！"伙夫的声音在走廊里回荡。

"特里劳尼先生，"利夫西医生说，"一般来讲，我并不十分信任你挖掘的那些人，但是我不得不说，这位约翰·西尔弗先生看起来人真不错。"

"这个人绝对值得信任。"乡绅得意地说。

“那现在，”利夫西医生接着说，“让吉姆同我们一起去船上吧？”

“那是肯定的！”乡绅说，“戴上帽子，霍金斯，我们马上去船那里。”

第九章　火药和武器

“希斯帕诺拉”号停靠的地方距岸边有一定的距离，我们不得不乘小舟在许多船只的船头船尾间绕行。有时我们的平底船会蹭上其他船的缆绳，有时那些绳索悬吊在我们头顶上方。不管怎样，我们最终还是停在了大船旁边。大副埃罗先生是位有着深棕色皮肤的老水手，他戴着耳环，眼睛有些斜视。见到我们来，他立刻上前迎接我们。他和乡绅非常熟稔，但是我不久就发现，船长与乡绅的关系可没有那么好。

船长的眼神非常犀利，他似乎对船上的每一件事都看不惯。很快，我们就知道其中的原因了。我们刚走进船舱，一个水手就跟了上来。

“先生，斯莫利特船长有话想对您说。”他说。

“我随时听从船长的指示，请带他进来吧。”乡绅答道。

船长其实紧跟在送信人的身后，所以他很快便走了进来，并关上了舱门。

“斯莫利特船长，请问你有什么要说的？但愿一切都顺利。我们所做的准备，能帮我们抵御海上的风浪吧？”

“先生，”船长说，“请恕我直言，我确信这是一次冒险的旅程。我不喜欢这次出海，我不喜欢这里的人，我不喜欢我的同伴，就是这样。”

“可能，船长先生，你不喜欢的是这艘船吧？”乡绅打断了他的话，我看得出来他已经非常生气了。

“我不能这么说，先生，我还没有操控过她，”船长说，“她看起来是非常轻巧的。”

“也许，你也不喜欢你的雇主吧？”乡绅又说。

这时，利夫西医生开口说话了。

“别冲动，”医生说，“别冲动。提这样的问题会伤了感情。船长说的是有些多，但是重点还说得太少。我愿意洗耳恭听关于以上你说的这些话的解释。你刚才说自己不喜欢这次旅行，请问这是为什么？”

“我受雇于一个秘密指令，先生，要将船行驶到这位阁下想要去的地方，但具体是哪里我却不知道。”船长说，“这并没有什么问题，但是我发现船上的每一个人都比我知道得更多。我认为这不公平，您觉得呢？”

“你说得对，”利夫西医生说，“我也这么认为。”

“另外，”船长说，“我发现这是一次寻宝之旅——我要提醒你，这些都是从我的手下那里听说的。那么我要说，寻宝之旅充满了不安定因素，非常难对付。不管什么时候我都不喜欢以寻宝为目的的航行，尤其当它还是个秘密的时候——特里劳尼先生，很抱歉——而且这个秘密连鹦鹉都知道了。”

“西尔弗的鹦鹉吗？”乡绅问道。

“我只是打个比方，”船长说，“我是说这个秘密人尽皆知了。我想你们这些绅士并不清楚未来将要面对的处境，但是我会以自己的经验告诉你们，有时候生死只在一瞬间。”

“这些我们都清楚，而且我敢说我们确实会面临生死的考验。”利夫西医生说，“我们知道这是一次冒险，并不像你认为的那般无知。你刚才说不喜欢这些船员，是因为他们不是出色的水手吗？”

“我确实不喜欢他们，先生。”斯莫利特船长回复道，“而且，既然我们话已经说到这里，那么我不妨直说，我原本以为可以亲自挑选船员。”

“或许你说得没错，”利夫西医生说，“或许我的朋友应该和你一起挑选船员。如果这算是我们的疏忽，我们也没有要冒犯你的意思。另外，你不喜欢埃罗先生？”

“确实，先生。我承认他是个好水手，但是他跟属下之间太随意了，不是个称职的管理者。一个大副就应该有个大副的样子，不应该跟其他船员一起在桅杆下酗酒。”

“你说他酗酒？”乡绅嚷道。

“不是的，先生，”船长说，“我只是觉得他有些太随便了。”

“现在就让我们长话短说吧，好吗，船长？”医生问道，“你跟我们讲这些的意图是什么呢？”

“好的，绅士们，你们已经下定决心一定要出海吗？”

“我们像铁一样坚定。”乡绅回答他。

“既然如此，”船长接着说，“你们已经耐着性子听我喋喋不休地说了这么多拿不出证据的话，那么不妨再让我多说几句。第一，他们把枪支和弹药放在了前舱附近。其实在客舱下面就有个好位置，为什么不放在那里呢？第二，我听说你们带了四个亲信一起出行，他们把这四个人的住处安排在前舱，为什么不让他们睡在客舱附近呢？”

“还有其他的吗？”特里劳尼先生问道。

“还有一件事，”船长说，“已经有太多人知道这个秘密了。”

“确实很多人。”利夫西医生赞同道。

“我要告诉你们我都听到了些什么。”斯莫利特船长接着说，“传闻你们有一张藏宝图，地图上用十字标记出宝藏在小岛上的位置，而小岛所在的位置——”然后他准确地报出了小岛的经度和纬度。

“我从未对任何人说起过这些，”乡绅急忙为自己开脱，“以我的灵魂起誓。”

“船员知道这些，先生。”船长说道。

“利夫西，这一定是你或者霍金斯说的！”乡绅继续辩解道。

“谁说出去的已经不重要了。”医生回答说。我和利夫西医生一样，都认为乡绅是个守不住秘密的大嘴巴。尽管如此，在这件事情上我也不认为是他泄露的秘密，我们谁都不曾对别人提起过岛屿的位置。

“好了，绅士们，”船长继续说道，“我并不知道谁有这张地图。但是，我必须说明一点，请不要告诉我和埃罗先生这个秘密，否则我会因此辞去船长一职。”

“我明白，”医生说道，“你希望我们继续保持缄默，把所有武器弹药都转移到船尾，并让我的人亲自看管它们。你的意思其实是担心船上有人叛变。”

“医生，”斯莫利特船长说，“我没有冒犯你的意思，但我不认为你口中的话正确表达了我的意思。我的话已经说到如此地步了，先生，没有一个船长会在这种情况下答应出海的。埃罗先生是个非常老实可靠的人，船上的一些水手也是这样，也许所有的人都是如此。但是出于船长的职责，我必须确保船的安全，确保船上每一个生命的安全。也许我的想法并不正确，但我所做的事都是出于大局的考虑。上面那些话都是一个船长对你们的忠告，如果你们并不认同，那我只好离开这里。以上就是我想说的全部。”

“斯莫利特船长，”医生带着微笑对船长说，“你听过老鼠与高山的寓言[1]吗？恕我直言，你刚才所做的一切让我想起了这则寓言。你刚进来的时候，你的打算可不仅仅是说上这一席话，这点我敢用我的假发打赌。”

“医生，”船长说，“你可真是个绝顶聪明的人，我本打算直接辞职的，因为我认为特里劳尼乡绅连我说的一个字都听不进去。”

“我确实一个字都不想听，”乡绅大叫道，“如果不是利夫西在这里，我早就让你的话见鬼去了。事已至此，我会如你所愿，按你所说的去做，但这并不意味着我会改善对你的印象。”

“这完全取决于你，先生，”船长说，“你会发现我是一个尽职尽责的人。”

说完这些，船长便离开了。

---

1 这里指的是《伊索寓言》中的《山震》一文。寓言讲述的是，有一次大山无缘无故地开始震动，并发出吓人的声音。人们焦虑地聚在一起，担心会有什么不好的事情发生。结果，他们只看见山里跑出一只小老鼠。利夫西医生在这里暗指船长太过于担忧了。——译者注。

“特里劳尼，”医生说，“与我之前的想法不同的是，我相信你为此次出行找到了两个值得信任的人——这位船长和约翰·西尔弗。”

“西尔弗的确如你所说，”乡绅又大叫起来，“至于这个满嘴胡言的骗子，我现在告诉你，我认为他不是个光明磊落的男子汉，他的所作所为是水手所不齿的，他甚至不配做一个英国人。”

“呵呵，”医生说，“我们走着瞧好了。”

当我们回到甲板上的时候，众人已经开始搬运武器和弹药了。他们一边工作一边喊着号子，船长和埃罗先生在一旁监督他们。

新的安排正合我意。船上的整个布局都被改变了，六个床位被移到了船尾，这组床位外面有一个带插销的门，门外只有沿着舷窗的一条走廊，通向厨房与水手舱。这六张床本来是给船长、埃罗先生、亨特、乔伊斯、医生和乡绅准备的，后来雷德拉斯和我被安排进来，而船长与埃罗先生则睡到了舱房上面楼梯口的甲板处。那里两边都被加大了，你简直可以叫它甲板舱。虽然那里仍旧非常低矮，但是挂起两张吊床绰绰有余，连大副都对它非常满意。也许连他也对船上的水手产生了疑心，当然这只是我的猜测。后面你将看到，我们没有多少机会从他那里得到建议。

正当我们热火朝天地搬运武器与弹药的时候，长腿约翰与最后几个水手坐着小船抵达了。

伙夫像只猴子一样灵活地跳上了大船，与此同时他看到大家正在忙活着，于是便问道：“嘿，弟兄们，你们在忙活什么呢？”

“约翰，我们正在搬运弹药和武器。”其中的一个人答道。

“为什么要搬它们？”约翰大声问道，“我们这么干的话，会赶不上出发的早潮。”

“我的命令，”船长简单地回答，“你最好马上去厨房准备晚饭。我说伙计，大家都等着呢。”

“是、是的，先生。”伙夫答道。他摸了下前额，转身走向厨房，即刻就消失在甲板下了。

“他是个好人，船长先生。”利夫西医生说。

“可能吧，先生。”斯莫利特船长回答道。“小心点儿搬运它们，别着急！”他走过去巡视换火药的人，突然看到我正企图旋转船中央那个黄铜做的“大雪茄”——大炮，立刻冲着我大叫：“看这里，服务生。离开那儿，你应该去厨房，看看那里有什么需要你帮忙的。”

我马上就跑开了，清晰地听到他大声地对医生说：“我的船上可没有人会被特殊对待。”我保证我对他的看法与乡绅的十分一致，我深深地厌恶这个船长。

第十章 航行

整个晚上，我们都忙着重新安置船上的物品。其间，乡绅的朋友们，像布兰德利先生等，都前来为他送行，祝愿他一路顺风、平安归来。我在“本鲍上将”干整晚的活也不如这里一半多，黎明将至时我累得跟狗一样。这时，水手长吹起了哨子，召集水手在甲板上的绞盘前集合，准备起航。尽管我已筋疲力尽，但仍不愿离开，因为这一切对我来说太新鲜有趣了——简短的指令、尖锐的哨音，以及夜晚昏暗的灯光下水手们依旧热火朝天地工作着的场景。

“嘿，‘烤肉架’，给大家起个调子。”一个声音喊道。

“唱那个老调子。”另外一个声音喊道。

“好、好的，兄弟们！”长腿约翰站在一旁夹着拐杖答道。他马上就唱起了我熟悉的调子：

十五个人抢夺着死者的金库——

然后其他水手一起唱了起来：

呦、嗬、嗬，再加一瓶朗姆酒呦……

当第三个号子喊起的时候，大家一起转动了绞盘。

这让人热血沸腾的时刻却让我仿佛置身于“本鲍上将”，老船长的声音仿佛也和在了水手喊的号子中。但是没多久，船锚就被从海里拉起，挂在船头下滴着水。帆也已经升起来了，船两侧的陆地和其他船只都飞快地后退着，“希斯帕诺拉”号终于开启了驶向金银岛的旅程。我这才去船舱里睡了一会儿。

关于此次航行的细节我就不过多描述了，这艘船显示出了她优越的性能，水手们很好地胜任了自己的工作，船长也非常敬业。不过，在我们到达金银岛之前，有两三件事是有必要讲一下的。

埃罗先生——结果证明他比船长想象得还要糟糕。没有水手把他当回事，每个水手在他面前都为所欲为。最过分的是，出海没几天他就经常烂醉如泥地出现在甲板上。他满脸通红，醉眼蒙眬，说话也说不清楚，好几次都被船长训斥不要在甲板上丢脸，滚回船舱里去。醉酒后，他有时会在甲板上摔倒弄伤自己，有时整天躺在自己的床铺上醒酒。偶尔有一两天他是清醒的，才稍微可以干些活。

我们一直都不清楚他是从哪里拿到酒的。对我们来说这是个无解之谜。我们想办法监视他，也没能制止他继续酗酒。我们当面问他如何得到酒的时候，他不是醉醺醺地哈哈大笑，就是一本正经地说除了水他从没碰过其他饮品。

埃罗不仅仅是个毫无能力的大副，对其他水手来讲他的所作所为也有着非常不好的影响。再这样自暴自弃下去，他肯定会弄死自己。所以，在某一天的深夜，当他一头栽进大海，永远地消失在海上时，我们没有一个人感到意外，并且好像也没有人感到惋惜。

“他一定是掉进海里了，”船长说，“也好，绅士们，我们就不用整天将他锁起来，关他的禁闭了。”

但是，这就意味着，我们必须再选出一个大副来。水手长乔布·安德森无疑是最合适的人选。尽管我们仍旧称呼他为水手长，但他已经肩负起大副的工作了。特里劳尼先生果然是出过海的人，他曾经的经历派上了用场。天晴的时候，他常常到甲板上去巡视。舵手伊斯雷尔·汉兹是个心细谨慎、经验老到的水手，任何事都能在紧要关头放心地交给他。

舵手和长腿约翰的关系非常亲密。既然我们说到了那位伙夫，那么这里再顺便说一下，船上的人都习惯叫他“烤肉架”。

在船上的时候，他用绳子绕过自己的脖子系在拐杖上，这样他就能解放出自己的双手。他做饭的时候更加神奇，他把拐杖插进隔板，身子靠在上面，就算有些颠簸他也能像在陆地上一样很好地保持平衡。更令人称奇的，是他如何在恶劣天气里穿过甲板。他依靠一个支架、两条绳索帮他越过最宽的地方，这个装置被大家称为“长腿约翰的耳环”。他有时手拉着绳索从一边走到另一边，有时依靠拐杖移动，快得如同正常人一样。当然，一些曾经跟他一起出过海的人，对他变成现在这个样子也常表示惋惜。

“‘烤肉架’可不是个普通人，”舵手对我说，“他年轻的时候曾受过良好的教育，如果他愿意，能像一位绅士一样说话。同时，他又非常勇敢，就算是面对雄狮也毫不畏惧。我曾看到他赤手与四头狮子搏斗，把它们的头扭在一起。”

船上的水手都非常尊重长腿约翰，甚至很听他的话。他与人说话时有自己的一套方法，同时尽心尽力地照顾着每一个人。他对我也非常好，每次见到我时都显得特别开心。厨房被他打扫得非常干净，盘子洗得锃亮，并整齐地码在架子上。他的鹦鹉被关进一个笼子，放在角落里。

“到这里来，霍金斯，”他总是这样对我说，“来听老约翰给你讲个故事。没有人像你一样这么受我的欢迎，我的孩子。坐下来听我慢慢跟你说。这只鹦鹉叫‘弗林特船长’——对，就是那个有名的海上大盗。弗林特船长的到来预示着我们的航行一定会成功，是吧，船长？”

于是，这只鹦鹉马上叫道：“八个里亚尔！八个里亚尔！八个里亚尔！”它会一直叫个不停，甚至让我觉得它可能会把自己憋死，直到长腿约翰用布罩上笼子，它才会安静下来。

“你现在看到的这只鸟，”西尔弗接着说道，“已经有两百多岁了。鹦鹉这种鸟能长生不老，可能只有魔鬼比它见过更多的邪恶势力。它曾经跟着英格兰德船长出海，就是那个鼎鼎有名的海盗王。它去过马达加斯加、马拉巴尔、苏里南、普罗维登斯、波多贝罗。它见过别人是如何打捞沉船的，也是在那个时候它学会说‘八个里亚尔’的。这并不稀奇，那艘沉船上打捞起35万西班牙银币呢，霍金斯。‘印度总督’号在果阿邦被袭击时，这个小家伙也在场。它看起来是只小鸟，但是它可闻到过真正的火药味。是这样的吧，船长先生？”

“注意，准备转向。”鹦鹉发出尖锐的叫声。

“啊哈，它真是个聪明伶俐的家伙。”伙夫一边说着，一边从他的口袋里掏出糖给这只鸟吃。但是鹦鹉却开始啄笼子，并不断地咒骂起来，骂出来的词难听到让人无法想象。约翰解释说：“如果你不和那些坏人混在一起的话，就不会变成现在这个样子，女士。这只无辜年迈的可怜家伙，骂人的本事真是高人一筹，没人能超越它。就算在牧师面前，它也会如此，不会学得彬彬有礼一些。”说完他脸上浮现出一种独特的庄重神情，并用手抚了下额头。这让我觉得他真是这里最好的人。

与此同时，乡绅与斯莫利特船长之间的关系却变得更加紧张了。乡绅极其看不上船长这个人，而且毫不掩饰对他的厌恶。船长却从不多说一个字，就算有时不得不说些什么的时候，他的言语也是非常尖锐而简短的，听起来十分令人不悦。他自己后来也承认，这些水手确实不像他预期的那么不济，虽然个别人跟他开始推测得差不多，但大多数人都表现得非常好，完全能胜任自己的工作。至于这艘船，更是符合他所有的期望。“先生，驾驶她在大海上航行，轻盈得如同风一样，我敢说任何人的妻子都不会比这条船更顺从了。但是，”他总会补充道，“就像我常说的，我们现在还没回到家里。我不喜欢这次航行。”

每当船长这样说时，特里劳尼乡绅就会立刻转身离开，走到甲板上。这时，乡绅的下巴一般都会扬得快要到天上去了。

“那个人要是再多说一句，我就要被他气炸了！”乡绅总是这么嚷嚷。

我们遇到过几次天气恶劣的情况，这更证明了“希斯帕诺拉”号良好的性能。每个人对这艘船都非常满意，要知道经历过大风大浪的他们并不是那么容易被取悦的。自打有诺亚方舟起，我就没见过能享受这么高待遇的船员，找个借口就能有双份额的酒喝。如果乡绅听说哪天是谁的生日，我们就能吃到水果布丁。除此之外，船腰的位置总是摆着一桶苹果，供大家随便吃。

“这样做绝不会带来什么好结果的，”船长总是这么对特里劳尼乡绅说，“我坚信，你会亲手把他们宠成恶魔。”

但是，苹果桶却真的带来件好事。接着往下看你就会知道，要不是因为这只桶，我们根本看不出叛变的征兆，可能会全部葬身大海。

下面就是事情的全部经过。

我们为了借助风的力量，驶向金银岛的这几天我们一直随着信风航行，还特别派了眼力好的人不分日夜地观察着风向——对此我也没办法解释得更清楚了。那是我们航行到小岛前的最后一天，根据推算，我们大概当天晚上或者最迟第二天中午前就能用肉眼看到金银岛了。那时，我们正向着西南偏南航行，海面非常平静，只有徐徐的微风吹过脸庞。“希斯帕诺拉”号平稳地按照航向行驶着，只有船头斜桅轻轻摆动，时而卷起丝丝雾气。所有帆都被风吹得鼓了起来，每个人都很激动。此时已经越来越接近我们探险第一步的尾声了。

日落时分，当我做完所有工作正想回到床上时，突然想吃个甜美的苹果。我跑到甲板上，看到瞭望者正专注地盯着岛屿的方向，舵手根据船头的风向掌着舵，还轻柔地吹起了口哨。这也是除了海浪拍打船身的沙沙声外唯一的声音了。

我整个人都钻进硕大的苹果桶里，去找苹果吃，却发现一个苹果都没有了。我坐在桶里，在昏暗的环境中，伴着浪花轻拍船身的声音和船身温柔的摇晃，不知不觉睡着了。不知过了多久，一个沉重的身体突然坐在桶旁边，还把自己的肩膀倚在苹果桶上，苹果桶猛晃了一下。我猛然惊醒，正准备跳出去时，一个熟悉的声音说起话来。那是西尔弗的声音，我才听了前面几个字就决定不暴露自己，颤抖地躲在桶里接着往下听。后面的内容让我既惊恐又好奇。从这次对话中我得知，这条船上所有正直的人的生命都系在我一人身上。

第十一章　苹果桶外的密谋

“不是的，不是我，”西尔弗说，“弗林特是船长，我拖着这条木腿，只谋了个舵手的差事。在一次舷侧受到排炮的攻击下，我丢了这条腿，而老皮乌被弄瞎了双眼。给我的腿做手术的外科医生，技术非常高超，是个从哪所大学毕业的高材生，不仅精通拉丁文还懂很多别的东西。他最后却像只狗一样被吊死在科尔索要塞，跟其他人一起在太阳底下被晒成干。这些被吊死的人都是罗伯特的部下，就是因为他们经常给自己的船改名字——那艘船叫过‘皇家好运’和一些别的什么名字——他们才这么倒霉的。一艘船一旦有了名字，就应该一直叫下去，我是这么认为的。‘卡桑德拉’号就曾经平安地把我们从马拉巴尔带回了家，那次我们可在英格兰德的指挥下血洗了‘印度总督’号。弗林特的那艘叫作‘老海象’的旧船也是一样，我看到它的时候，整艘船都快被血染红了，但是它照样载着快要将船压垮的金子回到了家。”

“啊！”一个声音大叫起来——是我们船上最年轻的水手——他的声音里充满了钦佩，“弗林特真是人中豪杰！”

“戴维斯据说也非常厉害，”西尔弗说道，“但我从没跟他一起出过海。开始我是跟着英格兰德的，后来是弗林特，这便是我的全部经历了。不过现在可是我自己说了算。我从英格兰德那里得到了900英镑，跟着弗林特时得到了2000英镑。对于一个依靠桅杆生存的人来说，能有这些钱算是不错了，它们全被我安全地存在了银行里。不仅要会赚钱，还要懂得存钱，你得依靠它们生存下去。英格兰德的手下在哪儿？我不知道。弗林特的手下又在哪儿？大部分都在这条船上，现在他们还能开心地吃上水果布丁。在这之前，他们中的一些人却只能靠乞讨为生。那个瞎了双眼的老皮乌，应该为自己的行为感到羞耻，他一年里竟然挥霍了1200英镑，真把自己当成议会里的贵族了。看看他现在在哪里，被马踩死了！在这之前的两年，真是活见鬼，他一直食不果腹。他乞讨、偷窃还杀人，尽管如此，却总是挨饿，真是没救了！”

“看来，这点儿钱还是不够花。”那个年轻的水手说。

“对于傻瓜来说当然不够，给那种人多少钱都不够，”西尔弗大叫起来，“不过你可不一样，你虽然年轻，但是像画里画得那样聪明，我第一眼看到你就看出来了，我会像对待成年人一样对待你。”

你可以想象，当我听到这个伪君子用奉承我的话去奉承其他人时，我有多么恶心。当时，我恨不得冲出木桶把他捅死。西尔弗还在继续说着话，不过他怎么也想不到旁边有人在偷听。

“这就是‘冒险先生’过的日子。他们艰苦度日，冒着极大的风险过活，吃喝起来就像斗鸡一样凶悍。当他们完成一次出海后，兜里的那几个便士就会变成成百上千的英镑。然后，他们将大部分的钱都花在酒和女人身上。到一无所有时，他们便再次扬帆出海。但我却不是这么做的，我把钱分成几份，这里放些，那里存点儿，哪里也不会放上很大的数目，以免有人起疑心。我已经五十岁了，看着我，等我这次航海归来，就能当上正儿八经的绅士了。我还有的是时间，你也会这么说吧？其实我的日子一直过得就不错，从不做违背良心的事，也就不会为此担惊受怕。除了在海上的那些日子，我吃得好睡得香。我是怎么走上这条路的？和你一样，从成为一个水手开始的。”

“可是，”另外一个声音说，“你之前所赚的钱现在已经不在你的囊中了吧？等我们结束这次航行，你就再也不能在布里斯托尔露面了。”

“为什么？呵呵，你现在可以猜猜它们在哪儿。”西尔弗用略带嘲弄的口吻说道。

“在布里斯托尔，银行或是别的什么地方。”年轻人回答道。

“你说得没错，”伙夫说，“在我们起航的时候情况跟你说的一模一样。不过现在，我的太太已经取走了所有的钱，包括望远镜酒店也已经被卖掉了，它的租约、招牌和锁具全都出售了。然后，这个老太婆会来找我。我告诉你这些，是因为我信任你，但这可会引起别人的嫉妒。”

“你相信你的太太？”年轻人说道。

“这就是冒险，先生。”伙夫接着说，“通常‘冒险先生’之间不会产生信任，但是情况就是这样，你必须相信她。当然，我也有我的行事作风。如果有谁敢在我的背后搞小动作，一旦被我知道，他就别想跟老约翰活在同一个世界上。有些人怕皮乌，有些人怕弗林特，但是弗林特却怕我。他既害怕我，又在我面前表现得非常骄傲。他手下的那些人非常难以管教，就连魔鬼也不愿意同这些人一起出海。但是，我要告诉你，我并不是一个喜欢吹嘘的人，你也看到了我跟大家相处得有多好。不过，当我还是个舵手时，小羊羔这个词可不是用来形容弗林特那帮老部下的。你要相信，跟着老约翰的船干事准错不了。”

“我必须坦白地告诉你，”年轻人回答，“在你跟我说这番话之前，我对这件事一点儿兴趣都没有。不过现在，算我一个！”

“你真是一个勇敢的小伙子，而且非常睿智，”西尔弗说道，并且热烈地握住他的手，使整个苹果桶都摇晃起来，“我从没见过像你这么帅气的‘冒险先生’呢。”

直到此时，我才明白他曾经教过我的一些行话。“冒险先生”恰如其分地表达出“海盗”的意思。我偷听到的这个场面，就像是一出关于某个诚实正直的小伙子被引诱堕落的悲剧，这个小伙子很有可能是我们这艘船上最后一个正直的人。正在这时，西尔弗吹了一声口哨，第三个人向这里走来和他们坐在了一起。接下来发生的事让我缓了一口气。

“迪克也是我们的人了。”西尔弗说。

“嗯，我就知道迪克会加入我们的，”这是舵手伊斯雷尔·汉兹的声音，“迪克可不傻。”接着他咀嚼了几下烟叶并吐了口唾沫。“但是，眼下这种情况，”他顿了一下接着说，“‘烤肉架’，我想知道，还有多久我们才能像条自由的小船一样结束这种生活。我早就受够了斯莫利特船长，他一直在折磨我！我想冲进他的房间，抢走他的腌菜和红酒，抢走他所有好东西。”

“伊斯雷尔，”西尔弗说，“你永远都是这样沉不住气，但是你还能坐在这里听我说话，说明你还有双靠得住的大耳朵。此时，我要对你说的就是：你必须继续待在前舱，继续过你的苦日子，继续顺从地说话，继续保持冷静，直到我给你指令。你必须按我说的话去做，我的孩子。”

“不过，我从没说过‘不’，对不对？”舵手愤愤不平地说，“我只是问什么时候我们可以下手，我只想问这个。”

“什么时候，老天爷！”西尔弗叫道，“好吧，如果你真想知道，我就告诉你。直到我们将一切准备好了，就是那个时候。斯莫利特是一个一流的船长，他能帮助我们庇护这条船顺利航行。乡绅和医生带着藏宝图，我不知道宝藏的地点，对吗？你们所有人对此也一无所知。所以，我们让绅士和医生带着我们去寻宝，帮我们把宝藏运上船。老天保佑！然后我们就要看情况喽。假如你们这些混血荷兰人靠得住的话，让斯莫利特船长带着我们往回航行，走到一半时再下手是最理想的。”

“为什么这么安排？我们有一船的水手在这里！”年轻的迪克说道。

“你所说的‘我们’，仅仅是普通的水手而已。”西尔弗严厉地打断了他的话，“我们可以掌舵，但是谁来帮我们设定航线？这就是你们这些家伙总是功亏一篑的原因。按照我的想法，我们必须让斯莫利特船长将我们重新带入信风带，这样我们就不会偏离正确的航线，不用每天仅靠一瓢水过活。但是我知道你们都是什么样的人，只要宝藏一运上船，你们就会在岛上把他们干掉。这真是太糟糕了，绝对不是我希望看到的结果。一想到跟你们这帮人出海，我就气得心口疼。”

“放松点儿，长腿约翰，”伊斯雷尔叫道，“谁惹得你发这么大的火？”

“天啊，你想想看，在你面前有多少艘船被毁灭，多少生命被挂在杜克刑场晒成鱼干？”西尔弗又叫了起来，“造成这一切的原因就是性急、性急，还是性急！你听到我说的了吗？我在海上看到的类似事件可不止一两件了，如果你们能沿着正确的航线行驶并懂得根据风向掌舵的话，早就坐在四轮马车里享受生活了。但是你们没有，我太了解你们了，只要今天能让你们大口大口地喝上朗姆酒，什么明天，让它见鬼去吧！”

“每个人都知道你像牧师一样具有说服力，约翰，但是那些人中也有几个人像你一样是个卷帆掌舵的好手，”伊斯雷尔说道，“他们只是希望给生活找些乐子，他们不希望日子是乏味无趣的，他们不会居高临下地对别人说教，所以每个人都是令人愉快的伙伴。”

“然后呢？”西尔弗说，“现在他们在哪儿呢？皮乌是这样的人，但是这个乞丐已经死了。弗林特也是这样的人，他已经因过度酗酒喝死在萨凡纳了。他们每个人都是可爱风趣的同伴，哼哼，可他们都在哪儿呢？”

“但是，”迪克问道，“当我们到那里的时候，我们该怎么处置他们好呢？”

“这才是个男子汉该说的话！”伙夫大声地赞扬着他，“这才是我想要谈论的事。那你是怎么想的？像英格兰德一样，将他们流放到孤岛上？还是用弗林特和比尔的方法，将他们像猪肉一样大卸八块？”

“比尔确实是这样做的。”伊斯雷尔说道，“他总是说，只有死人才能保守秘密。不过，他现在也死了，对这句话应该更深有体会了。要说起这海上的狠角色，比尔肯定算一个。”

“你说得没错，”西尔弗说，“比尔凶残并且果断。但是你看我，我可是个随和的人，非常的绅士。但是这次的事，事关重大，所以，水手们，这得一码归一码。我赞成将他们杀死。当我们成为议员，坐在四轮马车里时，我可不想看到任何一个水手像个魔鬼似的擅自闯入我的家，跟我展开辩论。所以我还要强调，‘等待’！但是当时机来临时，就要毫不犹豫地下手。”

“约翰，”舵手叫道，“你真是个男人！”

“伊斯雷尔，等事成之后你再这么说吧。”西尔弗说道。“只有一件事我必须事先声明，我要特里劳尼这个人。我要亲自把他的大脑袋从他的身子上拧下来！迪克，”接着，他停顿了一下话锋一转，“可爱的小伙子，你去帮我拿个苹果来润润喉咙吧。”

你可以想象我当时有多么惊恐！如果我当时能从桶里跳出来的话，一定会拼命逃跑。但是，此时我全身无力，四肢僵硬，吓得心脏仿佛都不会跳动了。我听到迪克站了起来，不过有个人叫住了他，一个声音飘过我的头顶：“哦，算了吧，别再吃桶底的垃圾了。约翰，我们去找点儿朗姆酒来喝。”

“迪克，”西尔弗说，“我对你非常放心，酒桶上面放着一个小的计量器，这是钥匙，你当心点儿，帮我们倒上一杯然后端过来。”

我当时惊恐万分，不禁想到埃罗先生一定就是这样喝上的烈酒，最终丢了性命。

在迪克离开的这个空当，伊斯雷尔趴在伙夫耳边低声地说着什么。我只能听清其中的一两个单词，但是我依然收集到了重要的情报。除了听到一些意思差不多的只言片语之外，唯一一句整话便是：“他们没有人想要加入我们了。”也就是说，这条船上仍然有忠于我们的人。不久，迪克就回来了。三个人一个接一个地举杯敬酒，一个说“好运”，另一个说“敬老弗林特”，西尔弗说话的音调听起来好似在唱歌一样：“这杯为我们自己，愿我们拔得头筹，有享不完的荣华富贵。”

正在这时，一道光从我的头顶照进了桶里，我发现月亮升得更高了。月光把后桅顶部染成了银色，船头的桅帆看起来雪白明亮。几乎与此同时，瞭望的人高呼道：“陆地！”

第十二章　作战会议

甲板上立刻传来很多人跑动的声音。我听到船舱里的人们站起身，前前后后地涌了出来，我也毫不迟疑地从苹果桶中溜了出来。我先躲在桅杆后面又溜到船尾，在甲板上与亨特和利夫西医生会合后，一起跑向迎风航行的船头。所有人都来到了船头的甲板上。当月亮升起来以后，之前一条呈带状的薄雾也消失了。西南方向有两座小山，它们之间大概有2英里的距离，其中一座小山的后面耸立着一座高山，此时高山的山峰还被薄雾包围着。三座山都尖尖的，看起来像三个圆锥。

眼前的景象仿佛将我置入梦中，此时的我仍旧因为刚才发生的事而惊恐万分。接着我听到斯莫利特船长开始发号施令。当下有两个航线可以抢风进入，我们驶进了岛东边的那条航线。

“伙计们，”当所有的帆脚都被锁好以后，船长说道，“你们谁对前面的岛屿有所了解？”

“我知道一些，船长先生，”西尔弗自告奋勇地说，“我曾经跟随一艘商船到这个岛屿上取过淡水，那时我也是船上的伙夫。”

“我们下锚的地方应该是在南边，我猜是在主岛后面的那座小岛前吧？”船长问道。

“是的，船长先生。大家都叫那座小岛为骷髅岛，那里曾经是海盗们的据点。我们船上有一个人知道这里所有的地名。他们叫主岛上最北面的那座山为‘前桅山’。先生，从那里往南边看去，和它并排的还有两座山，依次叫主桅山和后桅山。那座主桅山，也就是最高的现在被云雾缠绕的那座，也叫望远镜山。据说海盗在洗锚地洗船时，都会派人在那里瞭望，因为他们就是在那里洗锚的。船长先生，如果我有哪里说得不对的，还请原谅。”

“我这里有张图，”斯莫利特船长说，“看是图上的这个地方吗？”

长腿约翰看到这张图时眼里立刻放出光来，不过当我看到这张地图的崭新程度时，我就知道他一定会失望的。这并不是我在比尔箱子里发现的那张地图，只是一张精美的复制品，完美地复制了所有的地名、山的高度和水的深度，但是却没有红墨水标出的十字以及手写的文字注释。西尔弗此时心里一定气急败坏，但是他却把这种感情很好地掩饰起来了。

“是的，船长先生，”他说道，“就是这里，我确定，画得非常准确。到底是谁画出这么精确的图纸，我猜一定不会是海盗，他们太蠢了。嗯，就是这里，‘凯特船长的下锚地’——我的船友是这么称呼这里的。这里有一条湍急的水流沿着西岸自南向北流过来。你说得非常对，船长先生，寻找风向、观察岛上的天气，不管怎样，停在那里是最佳地点。”

“谢谢你，我的兄弟。”斯莫利特船长说，“以后有需要的地方我还会请你帮忙的。现在你可以去忙了。”

我很吃惊，约翰竟毫不避讳自己对这个岛的熟悉程度。当他向我走来的时候，我甚至觉得有些害怕。尽管他肯定不知道我在苹果桶里面偷听了他们刚刚谈话的全部内容，但这时，我已经见识过了他的残酷、两面三刀和威慑力。当他把手放到我肩膀上时，我的肩膀不禁颤抖了一下。

“嗨，”他说，“这个岛可是个不错的停靠点，尤其对小伙子来讲无疑是非常有吸引力的地方。你可以在这里洗澡、爬树、打猎，你可以像山羊一样爬上山坡。这一切仿佛让我回到了年轻的时候，忘记了自己的木腿。年轻是多么让人欣喜愉快，加上十个健全的脚趾，你可以做任何事。当你想去探个险时，别忘了随时可以找你的老约翰，他会给你准备好吃的，供你在探险时填饱肚子。”

他友好地拍了拍我的肩膀，然后就一瘸一拐地走向别处了。

斯莫利特船长、特里劳尼乡绅和利夫西医生正在后甲板上谈话，我非常焦急地想将这件事告诉他们，但是又不敢太大张旗鼓地打断他们。我正在思索用什么方法打破眼前的僵局时，利夫西医生叫我过去。他把烟斗落在楼下了，他是个一刻都离不开烟草的人，于是我不得不去楼下给他取烟斗。当我走到他身旁，确保不会有人听到我们的谈话时，我立刻脱口而出：“医生，我有事要和你说。请和船长、乡绅一起去船舱中，并找借口叫我下去。我有一个惊天的秘密要告诉你们。”

医生的脸色倏地一变，但是很快又恢复了常态。

“谢谢你，吉姆！”他大声地说道，“这正是我想知道的。”仿佛刚才他在问我话一样。

说完，他就转身再次加入到另外两个人的谈话中去了。他们几个人又聊了一会儿，没有人表现出慌张，或者声音变大，连个口哨声都没有。可我确定医生已经传达了我的请求，接下来，船长就派人传令下去召集所有的水手到甲板上集合。

“兄弟们，”斯莫利特船长对着大家说道，“我有话要跟大家讲。眼前的这座岛屿就是我们此行的目的地，我们跟随的特里劳尼绅士是位慷慨又大方的船主，如同我们感受到的一样。他问我船上的情况，我告诉他船上的每一个人都非常尽职尽责，做得比我要求得还要好。为此，我和乡绅还有医生先生准备到船舱中喝上几杯，为大家的健康和幸运庆贺。我们也会为大家备上酒水，希望大家为了我们的健康平安好好地喝上几杯。”

紧接着是大家的欢呼声，这声音听起来是那么的真挚而富有激情，以至于我很难将他们与想要暗算我们的人联系到一起。

“再一次欢呼，为了斯莫利特船长！”当第一次欢呼声结束时，长腿约翰大声地喊道。

这次的欢呼声也给了我同样的感觉。

然后，这三位绅士就离开甲板回到了船舱。不一会儿，下面传来让吉姆·霍金斯到船舱中来的命令。

我进去时他们三人围坐在桌子前，桌上有一瓶上好的西班牙葡萄酒和一盘葡萄干。医生仍旧叼着烟斗，但是假发已经被摘下来放在膝盖上了。我知道，此时的他有些焦虑。后舱的窗户敞开着，在这样一个温暖的夜里，你能看到窗外皎洁的月光洒在船尾的海面上。

“霍金斯，”乡绅说道，“现在你有什么话要说就说吧。”

我尽可能简短地讲述了刚才西尔弗他们谈话的主要内容。在我讲完整件事情之前，中间没有一个人打断我，甚至他们三个人连动都没有动过一下，不过他们的眼睛却始终注视着我的脸，从头至尾从未离开过。

“吉姆，”利夫西医生说，“请坐在这里。”

他们让我一同坐在了桌子旁边，给我倒了一杯葡萄酒，在我的手中塞满了葡萄干。然后三个人一个接一个地向我敬酒，不仅祝福我的健康，还为我的幸运和勇气干杯。

“此时此刻，斯莫利特船长，”乡绅说道，“你是对的，而我犯了大错。我承认我是一头蠢驴，今后我将听从你的调遣。”

“我也比您聪明不到哪儿去，先生。”船长对他说，“我从没见过一群密谋叛变的海盗竟然露不出一点儿马脚，无论谁预感到有人叛变这种事，都会事先提防的。但是这群海盗，”他顿了顿说，“竟然将我也给骗了！”

“船长先生，”医生说，“就像你认可的那样，西尔弗绝对是个与众不同的人。”

“把他吊在桅杆上，才能说是与众不同，”船长接着说，“不过也就是说说，并不能改变什么。我这里有三四个建议，如果特里劳尼乡绅允许的话，我就说给大家听听。”

“先生，你才是这条船的船长，当然是你说了算。”乡绅充满敬意地说道。

“第一，”斯莫利特船长开始了他的提议，“我们必须继续前进。如果我们返航，在我下达命令的那一刻，他们就会立刻造反。第二，对我们来说还有周旋的时间，至少在找到宝藏之前是这样的。第三，这条船上还有忠诚的人，对吧？我敢说，早晚我们会短兵相接，但就像老话说的，我们必须见机行事，要在最恰当的时机给予他们重击。我要先确认一下自己人，你的家丁都忠心吧，特里劳尼先生？”

“他们就如同是我本人一样可以信任。”乡绅信誓旦旦地说。

“三个人，”船长算了一下，“加上我们几个，包括霍金斯，一共是七个人。还有哪些人信得过？”

“大部分都是特里劳尼的人，”医生说道，“他在遇到西尔弗之前，亲自挑选的这些水手。”

“那可说不好，”乡绅答道，“汉兹也是我亲自挑选的。”

“我本以为汉兹是可以信任的。”船长紧接着说道。

“一想到他们全都是英国人！”乡绅突然大声嚷嚷起来，“先生们，我真想把整条船都炸飞！”

“好了，乡绅，”船长安慰着他说道，“我想说的就是这些了。接下来，我们必须时刻保持警惕。我知道，这对我们来说是一次考验，如果能马上开战无疑是非常痛快的。但是在没有分清敌我之前，这样做毫无帮助。我们必须伺机而动。这就是我想说的。”

“我们有吉姆在，”医生说道，“他对我们来说有很大的帮助。那些人不会对他有所防备，同时他又是个非常有心的小伙子。”

“霍金斯，我对你有无比巨大的信心！”乡绅紧接着说。

我开始陷入无比的绝望中，因为当时的我是那样的无助。尽管后来在接二连三发生的事件中，他们确实因为我而好几次化险为夷。可通过谈话我所知道的是，船上的二十六个人当中只有七个是我们这一方的，其中还有一个是孩子。换句话说，我们这边的六个成年人要与其他的十九个人战斗。

第三部分

岸上冒险

第十三章 开启岸上冒险

第二天早上当我来到甲板上时，小岛呈现出的一切都不一样了。风已经完全停了，昨晚我们已经航行了很远的一段距离，现在船安稳地停在距离低矮的东南海岸大约半英里的地方。面前的小岛上大部分区域长满了灰白色的树木。它们的色彩又被下游的黄沙地和许多高大的松树林划分成许多板块。这些松树高耸在岛屿上，有些独立而生，有些簇成一片小树林。但是小岛的颜色整体给人的感觉还是安静低调、了无生气的。岛上山的顶峰穿过植被露出光秃秃的岩石，这些山的样子看起来都有些怪异。望远镜山比岛上其他山高出三四百英尺的样子，它的外形尤其怪异，山体的每一面都非常陡峭，山顶像是被什么利器削平了，看起来就像放雕像的底座。

“希斯帕诺拉”号在海面上航行着，排水孔潜在海面下不断地拱起波纹。船的中帆不断前后撕扯着滑车，下桁被撞得发出砰砰的声音，整艘船一边摇晃一边吱呀作响，好像启动了一座工厂。天地开始在我的眼前旋转，我不得不紧紧地抓住船缆来保持平衡。前面的航行中我一直是个称职的水手，但从没有人教过我如何在停止不前、左右晃动的船上站稳，尤其在这样一个空着肚子的早晨，我的胃就像个瓶子一样随着波浪滚来滚去。

虽然现在风和日丽，阳光温暖地照在我身上，四周的海鸟从海中捞起一条条鱼儿发出欢快的鸣叫，而且一般来讲，任何一个经历了长时间海上漂泊的人，都会乐于到陆地上走走。不过，可能是因为晕船，也可能是因为岛屿的样子——灰白色基调、阴沉的树木、狂野的岩峰，随着眼前翻飞的泡沫，耳边传来海浪拍在峭壁上的轰鸣声，我心情沉重，双腿如灌铅一般。从我第一眼看到金银岛开始，我就觉得它非常令人讨厌。

这是一个充满枯燥劳动的早上，因为毫无起风的迹象，我们只好把小船放下，让人坐在上面划水，牵着大船行驶三四英里的距离，绕过岛屿的一角再驶入狭长的海峡，以便进入骷髅岛背面的港口。我主动要求坐上一条小船，尽管我在船上可能帮不上什么忙。天气非常炎热，水手们不断地抱怨着自己的工作。安德森负责指挥我们这条小船，他不仅没有制止水手们的抱怨，反而同别人一样咒骂起来。

“看着吧，”他骂骂咧咧地说，“这种日子没有几天了。”

我认为这是一个非常不好的征兆，在今天之前，这些人都非常本分、充满干劲地从事着自己的工作。自从看到金银岛，大家便开始松懈下来。

这一路上，长腿约翰都站在舵手身边指引着船的航行。他对这条海峡的熟悉程度就像自家后院一样。尽管一旁用测链测量水深的水手发现，这里每一处都比地图上标记的水更深些，但约翰指挥时从未出现过一次迟疑。

“退潮的潮水对海岸的冲刷很严重，”他说，“所以这条海峡看起来就像被铲子挖深了一样。”

我们在藏宝图中标记的落锚地下了锚，这里距离主岛和骷髅岛的海岸差不多都有1/3英里的距离。这里的海水十分清澈，可以看见海底的沙子。我们抛下船锚时惊起了林中的海鸟，它们大声鸣叫着四散而飞。但是不到一分钟的工夫，它们就重新落在那里，四周又恢复了宁静。

这里完全被覆盖着树林的陆地包围，非常隐蔽。树林的边缘几乎与涨潮时的海岸线齐平。海岸非常平坦，远处的山峰半环绕着这里，看起来像个竞技场。两条小河（或许说是沼泽更恰当）的水汇集到一起，形成这个浅滩。这里的树叶透出一种奇怪的颜色，看起来好像有毒似的。从船上望去，我们看不到一间房屋或是围栏，它们完全淹没在丛林里了。要不是有这座岛的藏宝图，我们就真会以为自己是打这个岛出现以来，第一艘在这里停泊的船只。

这里没有一丝风吹过，除了半英里外海浪拍打岩石的声音之外，也几乎听不到其他声响。一种独特的腐败味道充斥着这里，可能是腐叶或者腐败的树干的味道。我看到医生不断地嗅着什么，似乎闻到了一只烂鸡蛋似的。

“这里有没有宝藏我不敢确定，”他说，“但是我敢用我的假发打赌，这里有黄热病。”

如果说小船上水手们的行为只是让我有所警惕，待他们回到大船上的所作所为简直可以称之为恐怖了。他们聚在甲板上大声地聊天，就算是最平常的命令也会引起他们的不满，即使偶尔按照命令去做了也是敷衍了事。就连船上最忠诚的水手也受到这种气氛的感染，没有人愿意做出妥协。很明显，叛变如同笼罩在我们头顶的乌云，风暴马上就要来临。

不仅是船舱中的我们接收到了危险的信号，长腿约翰也努力在水手中游说，处处以身作则并且给予水手们忠告。没有人比他做得更好了，他工作主动且彬彬有礼，对每一个人都微笑致意，甚至做得有些过了头。每当下达一道命令时，他都拄着拐杖雀跃地回答："是的，好的，先生！"当没事可做时，他便一首接一首地唱着歌，似乎想用他的歌声掩盖住大家的不满。

在那个所有负面的情绪都暴露出来的阴暗下午，长腿约翰心情很糟，明显已掩盖不住他的焦虑了。

我们在船舱中又开了次会。

"先生们，"船长开口说道，"如果我再冒险下达一道命令的话，整艘船的人都会与我们发生冲突。你们也看到了，先生，目前我得到的都是野蛮无礼的答复，对吧？如果我回嘴说些什么的话，恐怕立刻就有长矛向我飞来。如果我对此不做些什么的话，西尔弗一定会发现异常，所有的一切都会暴露。此时我们可以依靠的就只有一个人。"

"这个人是谁呢？"乡绅问道。

"西尔弗，先生，"船长回答，"他和我们一样担心会出什么岔子。目前只有点儿小风波，一旦有机会，西尔弗肯定会马上说服大家乖乖听话的。我正准备给他这样一个机会，让他们上岸去待上一个下午。若是他们全部下船了，我们就可以趁机装备这艘船用它来作战。如果他们没人愿意下去，我们只好守住船舱奋战，然后请求上帝的保佑。如果他们中间只有一部分人下去了，请记住我的话，等西尔弗把他们带回来后，他们肯定又像小绵羊那么乖了。"

我们就这么决定了。将子弹上膛，把枪分发给我们自己人。亨特、乔伊斯和雷德拉斯听了我们对目前状况的描述后，并没有特别吃惊，反而充满斗志，这无疑为我们增添了信心。接着，船长到甲板上同水手们讲话。

“我的兄弟们，”他说道，“在这么热的天气下工作，大家都快累趴下了吧？大家早就想去岸上走走，放松一下了吧？我们的小船还在水里，大家可以随意使用，希望你们能在岸上度过一个愉快的下午。在日落前的半小时我会鸣枪叫大家回来的。”

我确信那些愚蠢的水手以为一到岛上就会发现遍地的宝藏，因为他们一下子就欢呼雀跃起来，刚才的不满情绪全部一扫而光。他们的欢呼声在山谷中回荡，再次惊起了林中的鸟儿，它们乱叫着从林中飞向天空。

船长在这一点上无疑是非常聪明的。说完他立刻就从大家的视线中消失了，便于让西尔弗对大家做出安排。我也非常认同船长这一明智之举，如果他还继续留在甲板上，他就不能假装看不清目前的局势。目前所有的一切都显而易见了，西尔弗是领头的，手下有一支强而有力的水手队伍意图造反。那些老实的水手——很快事实就证明了船上还是有这样的人的——一定都是非常愚蠢的跟随者。或者，我猜想事实是这样的，所有人对教唆他们的背后元凶都略有不满，只不过每个人的程度不同，有的人抱怨较大，有的人则没那么严重。一些比较有良心的船员并不想被引诱或者被动地走向罪恶的一方。他们装作对所有事一无所知，想蒙混过去，并认为这与做个罪恶滔天的劫船杀人犯是两码事。

当最后所有人都选择好队伍以后，有六个人留在了船上，其他的十三个人跟随西尔弗坐上了小船。

这时，突然有个疯狂的想法在我的脑海中一闪而过，而这个疯狂的想法最后却救了我们一命。如果留下的这六个人是西尔弗的人，那么我们根本无法依靠这艘船而战斗。与此同时，因为船上仅有六个西尔弗的人，所以我留在这里也起不到什么作用。于是我立马决定跟随西尔弗他们到岸上去。一瞬间，我就顺着船的侧面蜷缩到离我最近的小船上了，几乎同时，小船驶离大船划了出去。

没有一个人注意到我，除了桨手说了句："吉姆，是你吗？低下你的头。"但是西尔弗从另一条船上正用锐利的眼神望过来，大声地询问着是不是我，我这才意识到自己的行为过于莽撞了。

水手们向着海岸划去。我坐的小船因为率先出发，加上船身轻，桨手驾船的技术又高超，一直领先于其他的船。很快我们的船就扎进了岸边的树林中，我抓住身旁的一根树杈，向前一荡便跳进了离我最近的一处丛林中。此时，西尔弗和其他人远远落后了100多码。

"吉姆，吉姆！"我听到西尔弗大叫着我的名字。

但是，如同你想象的一样，此时的我毫不迟疑地跳跃着、躲闪着，不断在丛里中穿梭奔跑着，直到我累得跑不动为止。

第十四章　第一个打击

我简直太高兴了，因为我甩掉了长腿约翰。我环顾四周，兴奋地打量着此时踩在我脚下的这个岛屿。

我穿过这片长满杨柳和芦苇的沼泽，这里还长着许多奇怪稀有的植物。我走到一片大概一英里长的开阔沙地边缘。这里长着几棵松树，数量更多的是一种奇怪的树，弯曲的枝干如同橡树，叶子的颜色和杨柳的一样苍白。沙地的另一边，远远地矗立着一座小山，这座山有两个奇怪而陡峭的山峰，在阳光的照耀下十分夺目。

此时，在人生中我第一次感受到了探险的乐趣。在这座无人岛上，我的同伴都被我抛在了脑后，现在我眼中只有那些不会说话的野兽和飞鸟。我在树林中随意游荡，到处都是开着花的植物，我对它们一无所知。很多地方我都看到了蛇，甚至有一条蛇盘踞在岩石上对着我昂起头，口中咝咝地吐着蛇信，同时身体还发出类似陀螺旋转的声响。我一点儿都没想到它是个非常厉害的敌人，完全可以置我于死地，要知道，它的一切特征都与响尾蛇完全吻合。

然后，我穿过一条好似橡树林的狭长林带。后来，别人说它们应该是常青橡树。它们长得如同荆棘一样低矮，匍匐在地上。它们的树干奇怪地扭着，叶子长得非常茂密如同茅草一般。灌木林的树枝从沙丘的顶端向下延伸生长，越往下生长得越高大茂盛，一直到达长满芦苇的沼泽地边缘。附近的那条小河穿过沼泽地后，流向的正是我们的下锚地。这片沼泽被强烈的阳光蒸得雾气腾腾，依稀可以看到远处望远镜山的轮廓在迷雾中微微地颤抖着。

紧接着，芦苇丛中传来一阵喧闹，一只野鸭突然嘎嘎叫着跳了起来，其他的野鸭也跟着乱叫乱跳。不久，沼泽地的上空密密麻麻的全是被惊起的野鸭，一边惊叫一边在半空中盘旋。我马上想到一定是我的船友们正向这片沼泽地走来。我的猜想没有错，没多久我就听到远处有低语的声音。我继续屏息凝听，说话声变得越来越大、越来越近。

这让我感到非常害怕，我赶紧趴在离我最近的一棵常青橡树下面，像只老鼠一样躲在那里继续听着。

另一个声音回答着什么，然后开始的那个声音又继续说。这次我听出来了，那是西尔弗的声音。他又接着说了些什么，一直讲了很长时间，中间另一个声音很少打断他。他们十分认真地谈论着什么，情绪非常激动，但是我一个词都听不清。

最后，他们的谈话似乎结束，然后两个人都坐了下来。他们好像没有再往前走的打算，那些鸟重新回到了栖息地，四周的声响渐渐平息下来。

这时，我意识到自己的疏忽，既然已经鲁莽地跟着这些海盗来到了岸上，至少应该听听他们都说了些什么。我的职责和使命感告诉我要在这片灌木丛的掩护下，尽量地向他们靠近。

我几乎能准确地判断出他们的位置，不仅通过他们的声音来源，还因为他们的头顶上此时还有几只受了惊的野鸭正不断地盘旋。

我四肢着地，缓慢而又坚定地爬向他们。等我抬起头时，从树叶的缝隙中我能清晰地看到沼泽旁边有一块绿色的小山谷，四周长满了树木。长腿约翰和一个水手正面对面地坐在那里交谈。

阳光照在他们身上，西尔弗把帽子摘了放在旁边的地上，他那张光滑苍白的大脸，此时被太阳晒得红通通的。他似乎正在对旁边的人说着什么。

“朋友，”西尔弗说道，“我把你看得如同金子一般重要，才会对你说这些的。如果我对你毫不在意，你觉得我会坐在这里给你善意的警告吗？事情已成定局，你也不可能改变什么，我现在对你说这些都是为了保住你的脑袋。但凡有一个海盗知道了这件事，我将会有怎样的下场，汤姆，告诉我，我将会有怎样的下场？”

“西尔弗！”另一个声音说。我发现汤姆的脸涨得非常红，说话的声音像一只沙哑的乌鸦，情绪紧张得如同一根紧绷的绳子微微发颤。“西尔弗，”他又说道，“你已经老了，又有个诚实的好名声，同时你还非常有钱。这些都是那帮穷水手没有的。在我看来你还是如此的勇敢。告诉我，你真的想与那群乌合之众为伍吗？你不是那样的人！上帝在天上看着我呢，如果我做出什么不负责任的事来，就让我丢掉这双手。”

这一切都被突如其来的一片嘈杂声打断。我找到了一位忠诚的水手，并且与此同时，传来了另外一个忠于我们的水手的消息。事情发生在远离这片沼泽的地方，那里响起一声带有愤怒的叫喊，这声之后又是一声，然后是一声惊恐低沉的嚎叫。这声音回荡在望远镜山的山谷中，沼泽中成群的野鸭再次被惊了起来，它们扇动着翅膀，黑压压的几乎遮住了整个天空。过了许久，那个人临死前的号叫声还回荡在我的脑海中。当这些野鸭重新落到沼泽中以后，四周才又恢复寂静。只有它们扇动翅膀和远处海浪拍打岩壁的声音才使这个下午看起来不那么沉闷。

汤姆好像被这声音刺激到了，像匹受了惊的野马一跃而起。但是，西尔弗对此连眼都没有眨一下，他一动不动地站在原地，手里拄着他的拐杖。他的眼睛紧紧地盯着他的同伴，像一条随时可能发动进攻的毒蛇一样。

“约翰！”水手说着向西尔弗伸出了双手。

“拿开你的手！”西尔弗嚷嚷着，同时向后跳了一码。在我看来他的身手和速度简直就是一个训练有素的体操运动员。

“如果你不愿意的话，我会拿开我的手，约翰·西尔弗，”另一个声音说道，“你害怕我，是因为你的良心被蒙蔽了。但是看在上帝的分上，告诉我刚才那个人是谁？”

“那个人？”西尔弗小心翼翼地笑着回答道，他的大脸盘衬得他的眼睛只有针孔那么小，但是看起来却像玻璃球一样闪着亮光，“那个人，哼，我猜是艾伦。”

听到他的答复，汤姆燃起了英雄般的怒火。

“艾伦！”汤姆大叫起来，“你的灵魂可以安息了，你是一位真正的水手！至于你，约翰·西尔弗，长久以来我都把你当成我的朋友，但从现在开始你不再是了。就算我像条狗一样死去，我也要履行自己的职责。你们杀了艾伦，对吧？有本事也杀了我，我会与你们抗争到底的！”

说完这些，他就充满勇气地转过身，背对着伙夫向岸边走去。

但是他注定走不了多远。约翰大叫着拽住一个树杈，将自己的拐杖从腋下举起来，当作标枪投了出去。拐杖从空中呼啸而过，射中了倒霉的汤姆。拐杖的前端不偏不倚地刺入他背部两个肩胛骨的正中间。他的双手不由得伸过头顶，随着一声喘息，整个人就倒在了地上。

他伤得是否严重，不用别人说，单从声音就能判断出来，他的后脊梁骨十有八九被戳断了。他甚至都没有机会躲闪一下。西尔弗虽然只有一条腿，而且手里没有拐杖，却像只灵活的猴子一样转眼就蹿到了汤姆面前。汤姆的身体已经完全没有抵抗能力了，西尔弗向着他的躯体深深地刺了两刀。我远在藏身之地，都能听到西尔弗杀人时用力的喘息声。

我并不知道眩晕是什么滋味，但是我知道接下来整个世界都在我的眼前旋转。西尔弗、野鸭群、望远镜山的山峰，一圈一圈地旋转，眼前渐渐变得模模糊糊，耳中嗡嗡地响起了各种钟鸣声和远处人们的惊呼声。

当我清醒过来时，西尔弗那个恶魔已经变得和平时一样了。他将拐杖夹在腋下，帽子已经被他戴在了头顶。汤姆躺在西尔弗面前的草地上一动不动。这个凶手甚至连看都没看地上的尸体一眼，抓了把野草擦拭着自己短刀上的血渍。似乎一切都没有变，太阳仍旧放出光芒将沼泽和远山烤得雾气腾腾。我甚至有些难以置信，刚刚这里确实发生了一起凶杀案，就在我的眼前一个人的生命被残忍地夺去了。

这时，约翰从兜里掏出一只哨子，用几种不同的音调吹着它。哨音透过炙热的空气越传越远。当然，我并不知道哨音的真正含义，但是却让我感到害怕。越来越多的人将要赶到这里，我很可能会被发现。他们已经杀了两个忠诚的水手——汤姆和艾伦，下一个会不会就是我？

我马上想办法从这里逃走，快速又尽量不发出声音地向后爬去，爬向树林里的那片开阔地。正当我这么做的时候，我听到老海盗和他的朋友们相互打招呼的声音，这些危险的声音好像给我插上了翅膀一样，使我一离开那片灌木丛，便用从未有过的最快的速度撒腿就跑。我吓得甚至都来不及辨认方向，只要能远离那群刽子手就好。我越跑越害怕，感觉自己都快要发疯了。

事实上，没有人会像我这么惨吧？等集合的枪声响起时，我怎么敢和这些罪孽深重的海盗坐上同一条小船呢？无论他们谁一看到我，恐怕都会把我的脖子像拧只沙锤鸟一样拧断吧？如果我不出现，也就间接证明了我已经知晓了刚才的一切。我想，一切都完蛋了。再见了，“希斯帕诺拉”号！再见了，乡绅先生、医生和船长！对我来说只剩下两条路了，饿死或者被叛变的海盗们杀死。

想着这些的时候，我仍旧在奔跑着，一点儿也没注意到我已经跑到了有两个山峰的那座小山下。在岛的这边，常青橡树分布得更加广泛，它们的果实和形状看起来更像橡树了。这里还生长着几棵松树，一些大约有50英尺，一些几乎长到了70英尺高。这里的空气比旁边的沼泽地清新得多。

这种陌生感似乎预示着新的危险将要出现了，我站在那里一动不敢动，心却吓得怦怦狂跳。

第十五章　流放者

小山的这一侧有很多石头十分陡峭，一些碎石子从上面滚落下来。我双眼自然地追随石子滚落的方向看去，看到一个灵活的身影飞快地跳到一棵松树后面。我分不清那是熊、是猴子，还是人。除了从影子隐约可以看出它黑黑的，长满了毛以外，其他一无所知。但是，这个新出现的东西足够让我恐惧得不敢再往前走了。

我受到前后夹击，后面有海盗的追击，眼前又出现了这个不知道是什么的怪物。但很快我就决定与其面对这个未知的怪物，还不如回去面对已知的危险。西尔弗和这个躲在树后面的怪物相比好像还不算恐怖。于是，我一边警惕着树后面的动静，一边扭头沿着来时的路向着小船跑去。

突然，这个影子再次出现了，它兜了个大圈子重新跑到我的面前。此时，我已经非常疲惫了，就算是在充满活力的早上，面对这样一个身手矫健的怪物，我也不是对手。它像鹿一样在林中穿梭奔跑，虽然它同人类一样用的是两条腿跑动，但是和我见过的任何人类的跑步姿势都不同。它深深地弯下身子，几乎都快要贴到地面了。不过，我已经非常确定“它”是个人了。

我想起曾经听到过的食人族的故事，吓得“救命”两个字几乎脱口而出。虽然他长得非常奇特，但无论如何他也是个人，想到这里我渐渐不那么慌张了，与此同时我对西尔弗的恐惧又占了上风。于是我停下来，思考下一步要如何逃跑。突然，我想起我身上带着一把枪。枪无疑给了我勇气，我并不是手无寸铁、毫无抵抗能力的。我坚定了信心，脚步轻快地向岛上的这个人走去。

他现在正躲在一棵树后面，肯定也在密切地注视着我。我向他藏身的地方走去，他从树后面走了出来，向我的方向迈了一步，然后迟疑了一下，又向后退去，接着犹犹豫豫地又向前迈了一步。最让我震惊和疑惑不解的是，他突然跪下，双手合在一起向前伸着向我求饶。

我再一次停下了脚步。

“你是谁？”我问道。

“本·冈恩。”他回答我说。他的声音听起来像把生锈的挂锁，沙哑怪异。“我是可怜的本·冈恩，是的，这三年来我从没与一个活着的人说过一句话。”

现在我才看出，他同我一样是个白人，而且长得还不错。他露在衣服外面的皮肤被太阳晒得黑黝黝的，嘴唇也是黑黑的。他的眼睛被黑黑的脸庞衬得十分鲜明。他是我见过的衣着最破的乞丐，就算是让我想象也想不出如此褴褛的衣着。他的衣服是由船上的旧帆布和旧的水手服上撕下的布条拼凑而成的。这些碎布被铜纽扣、小树枝、涂着柏油的束帆环等各种不同种类的物件拼补在一起。他的腰间系着一条带有黄铜搭扣的旧皮带，这算是他身上最结实的服饰了。

“三年！”我不禁叫道，“你的船遇到海难了吗？”

“不，朋友，”他答道，“我是被流放到这里的。”

我以前听说过这个词，而且听闻这是海盗中非常普遍且残忍的一种惩罚手段。受罚者往往被独自留在某个远离大陆的荒无人烟的岛屿上，给他们留下的物资只有非常少的弹药。

“我被流放到这里已经有三年了，”他继续说道，“我靠吃山羊肉、野果子和牡蛎生存下来。一个男人无论在哪里都能够生存下来。但是，朋友，我真的太想念正常人的食物了。你身上是否恰巧带着一块奶酪？没有？哦，多少个夜里我都梦到了奶酪，它们大多是已经烤好的。可当我醒来后，我发现自己还是在这个岛上。”

“假如我能回到大船上，”我说，“我能让你吃上堆成山的奶酪。”

我们说话的时候，他一直不断地摩挲着我的衣服料子，抚摸着我的双手，眼睛还不断地瞄向我的靴子。在他说话的间歇，他的表情显露出一种见到同伴的单纯的喜悦之情。当我说完这番话后，他抬起头来，吃惊的表情中透着一丝狡黠。

“假如你能回到大船上，你是这么说的吧？”他重复着我的话，“为什么不能，有人不让你回去？”

“我很清楚阻止我的人不是你。”我回答道。

“你说得对，”他叫着，“我应该怎么称呼你，我的朋友？”

“吉姆！”我告诉他。

“吉姆，吉姆，”他看起来十分高兴，“好吧，吉姆，如果我告诉你我的生活有多么原始野蛮，你听完会感到害臊的。举例说吧，别看我现在这个样子，你能想象得出吗，我的母亲对上帝是非常虔诚的。”

“呃，我没想到。”我说道。

“嗯，当然，”他接着说，“我的母亲真的是个非常虔诚的人。当我小的时候，我也是个彬彬有礼的信奉上帝的孩子。我能快速地背诵教义，快到你都听不清。但是今天，我却成了一个野蛮人。吉姆，这一切都是从我在那个倒霉的墓碑上扔钱币打赌开始的。当然，那只是开始，后面就越来越糟了。我的母亲对我说，她能预见到这一切。千真万确，我的不幸人生被这个虔诚的女人说中了。是上帝把我流放到这里的。在这里我想明白了一切，于是我重新成为一名虔诚的教徒了。你别再想让我饮过量的朗姆酒，当然有机会为了祈福喝上一小杯也还是可以的。我确信我已经知道了该如何重新做人。还有，吉姆，”他看了看四周，然后压低声音对我说，“我发大财了。”

我觉得这个可怜的家伙因为长期独自生活已经疯了。我的脸上也一定表露出了这种想法，于是他充满热情地把这些话重复了好几遍——

“我发大财了！我发大财了！我还要告诉你，吉姆，我会让你成为一个大人物！吉姆，你真是个幸运星，是的，你是第一个发现我的人。”

他的脸上此时忽然闪过一丝不安。他紧紧抓住我的双手，同时在我眼前竖起一根手指。

“吉姆，实话告诉我，这船是不是弗林特的？”他问道。

听他这么说我感到非常高兴。我确信自己发现了一个同伴，于是马上告诉他："不是弗林特的船，他已经死了。但是既然你问我，我就实话告诉你，船上有一些水手曾是弗林特的部下，对我们来说这简直太糟了。"

"有没有个……只有一条腿的人？"他边调整呼吸边说。

"西尔弗？"我问道。

"啊！西尔弗！"他说道，"这正是他的名字。"

"他是我们的伙夫，也是罪魁祸首！"

他仍旧紧紧抓着我的手，听到我这么说，他使劲地拧了下我的手腕。

"如果你是长腿约翰派来的，"他说，"我知道自己将必死无疑。话说，你们那边现在是什么情况？"

此刻我已经决定在回答他这个问题时，将我们航海的经过以及我们现在的困境全部讲给他听。他饶有兴趣地听着我的讲述，全部听完以后他轻轻地拍了拍我的头。

"你是个非常棒的小伙子，吉姆，"他说，"你们全都被他骗了不是吗？当然，只要你相信本·冈恩，本·冈恩会帮助你们摆脱困境的。现在，在你看来，如果我把你们解救出来，你所说的宽宏大量的乡绅是否真的会对我慷慨大度呢？"

我告诉他乡绅是我见过的最宽宏大量的人。

"啊，但是你要明白，"本·冈恩接着说，"我不是说希望他发我身制服，给我个看门的差事，那并非我的本意。我的意思是，他是否能从这笔宝藏中分点儿给我，比如给我1000英镑作为酬劳？"

"我相信他会同意的，"我说，"本来就是每个人都会从中分得一笔。”

“同意让我搭船跟你们一起回家？”他充满希望地补充道。

“为什么不呢？”我大声说，“乡绅可是位真正的绅士，等我们打败那些海盗以后，还需要你帮我们把船开回去呢。”

“啊！”他说，“你们看来真的需要我。”他看上去大大地松了一口气。

“现在，我再告诉你一些事吧，”他继续说着，“我会告诉你我知道的全部。弗林特在这里埋宝藏的时候，我就在他的船上。随他同去的还有六个强壮的水手。他们在岸上待了一个星期，我们都待在‘老海象’号上等他们。当信号弹在某一天响起时，我们看到弗林特头上包着一块蓝色头巾，划着小船向我们驶来。那时太阳刚刚升起，在船头上看到他时，他的脸色惨白。但是那时只有他一个人回来了，其余的六个人全都消失了——死了并被埋葬。船上的人谁都不知道他是怎么对付那六个人的人，我们猜无非就是打斗、谋杀或者暴毙。当时比尔·博恩斯是船上的大副，长腿约翰是舵手。他们追问他宝藏藏在哪里了。他说：‘如果你们想去寻找宝藏的话，就上岸去，守着它。’然后他又说：‘可是这艘船，还要出海去寻找更多的宝藏呢，你们这帮该死的贪婪虫！’这就是他当时说的。

“然后，三年前我随另一艘船路过这附近时又看到了这座岛。‘伙计们，’我说，‘这里埋着弗林特的宝藏，我们上岸去寻宝吧！’听我这么说，船长非常不悦，但是其他人全都想上岸去寻宝，于是我们靠了岸。我们在岸上找了整整十二天，船员们对我越来越不耐烦，不断地用恶毒的话骂我。直到有一天早上，所有的人都回到船上去了。‘至于你，本杰明·冈恩，’他们对我说，‘给你这把枪，还有铲子和镐。你就留在岛上一个人继续寻找弗林特的宝藏吧。’

“吉姆，我在这里已经待了三年了，从那时起再也没吃过一口正常人吃的饭。你看我现在的样子，你看看我。我站在桅杆下还像个水手吗？不，不用你说，我也知道一点儿都不像。”

说着，他眨着眼睛使劲地拧了我一下。

“把这些都讲给那位乡绅听，吉姆，”他继续说着，“否则他永远也不会明白的。‘三年以来，他一直生活在这个岛上，无论白天黑夜，晴天雨天，他甚至时不时地还背上段祷文（这句你必须说），有时他也会想念他的老母亲，如果她还活着就好了（这句你也必须说）。冈恩的大部分时间（你一定会这么说），都花在另一件事情上了。’然后你就像我这样拧他一下。”

接着，他又拧了我一下并带着奇怪的表情。

“然后，”他接着话头说了起来，“然后你就说：‘冈恩是个好人（这句必须说），他完全信任一位绅士——彻头彻尾地信任。’你要记住这句话——冈恩才不相信那些靠碰运气生活的家伙，因为他曾经就是其中的一个。”

“好吧，”我说，“但你刚才说的话，我一句都没听懂。不过这些都不重要，重要的是我怎么回到大船上去。”

“嗯，”他说，“这确实是个问题。其实，我有一条小舟，是我亲手造的。我将她藏在了白色岩石的下面。如果有必要，我们可以在天黑以后把她划出来碰碰运气。嘿！”他大叫起来，“发生什么事了？”

此时离太阳落山还有一两小时，突然大炮的轰鸣声响彻整个岛屿。

“他们开战了！”我喊起来，“快跟上我。”

我使劲向落锚地跑去，害怕被我抛在了脑后。紧挨着我一起跑的，是那个将破烂山羊皮围在身上的野人，他的步伐非常轻松。

“左，左，”他说，“一直往左跑，我的朋友吉姆！往树底下跑！在那里我猎杀了第一只山羊。现在它们再也不会来这里了，因为它们都怕本杰明·冈恩，所以都躲到山上去了。看，这就是‘文墓’。”我猜他想说的一定是坟墓。“看到那些山丘了吗？我感觉差不多是星期天的时候，常会到这里来祷告。虽然这里看起来并不像个教堂，但是却十分庄严。但是你会说，本·冈恩，这里人员不齐全啊，没有牧师、没有圣经和旗子。你一定会这么说的。”

在我们奔跑的同时，他一直不停地唠叨着，也没指望我回答他或是对他的话作出回应。

大炮声响过后，又过了一会儿，响起一排枪声。

片刻停息之后，四周彻底陷入了寂静之中。然后，我看到面前1/4英里远的地方，一面英国的国旗在丛林上方迎风飘扬着。

第四部分

围栏攻防战

第十六章　弃船（由医生叙述）

大概下午1点半时，用航海术语来说就是敲了三下钟[1]时，那两条小船离开“希斯帕诺拉”号驶向岸边。船长、乡绅和我在船舱中商讨下面的对策。这时如果有风吹过的话，我们就能突袭那六个人，将他们扔到海里，然后起锚驶向大海。当时不仅一丝风都没有，亨特还带来一个令人绝望的消息，吉姆·霍金斯溜到一条小船上跟其他人一起上了岸。

我们对吉姆没有半点儿疑心，只是我们非常担心他的安全。他和那些丧心病狂的家伙在一起，再次见到他的概率恐怕很小了。我们跑向甲板，船板缝隙里的沥青此时正冒着泡，发出恶心的臭味，差点儿使我吐出来。假如有人曾闻到过黄热病和痢疾的气味，那一定是在这块落锚地闻到的。那六个叛徒此时正在水手舱中吵吵嚷嚷。那两条划到海岸的小船此时正系在紧挨着河流的入海口处，每条船上都留有一个人看守，其中一个人正哼着《勒里不利罗》[2]的调子。

---

1 从中午12点开始计时，每过半小时敲一下钟，所以12点半时敲一下，13点时敲两下，13点半时敲三下。这是一种古老的航海计时方法，每4小时循环一次，所以钟最多只会敲八下。——译者注

2 一首讽刺英王詹姆斯二世的歌曲。——译者注

等待对我来说太难熬了，于是我和亨特决定划着船去岸上看看能不能得到些消息。

海盗划走的小船停在了右边的河道里，我和亨特越过他们笔直地向地图上标记着围栏的方向划去。那两个留在小船上看守的人看到我们不禁有些惊慌，连《勒里不利罗》也不哼了，他们焦急地商量下面该怎么做。如果其中有人跑去向西尔弗通风报信，估计结果就跟现在两个样了。很快，我看出他们决定按之前头儿说的去做，继续坐在那里守着，重新哼起了《勒里不利罗》。

海岸边有一处弯度缓和的海角，我们驶向它的另一侧，将海角横在双方之间，以便我们隐蔽行踪。我事先在帽子里塞了条很大的真丝手绢帮我抵挡暑气，为了保险，身上还带了两把上好子弹的手枪。之后，我跳上岸，连走带跑地冲向目的地。

我们走了不到100码就抵达了围栏。

围栏大致上是这样的：有股清泉从一个小山丘顶部涌了出来。在这个小山丘的顶部，紧邻清泉，有人用木头搭建了一座大屋。这座木屋在必要时足以装下四十个人。房屋的四面墙上都留有射击孔。木屋的周围被清理得很干净，空出一片开阔地，并在外面围了一圈差不多6英尺高的木栅栏。这圈栅栏并没有门和豁口，而且修得十分牢固，想要摧毁它可不是什么轻而易举的事。这里大片的开阔地也使想要攻进来的人无处藏身。可以说，这个木屋里的人会非常安全。他们可以守在这里像打鹌鹑一样向进攻者肆意开枪。只要有一个好的哨兵和足够的粮食，在不遭受敌人偷袭的情况下，他们利用这里可以抵御一个团的兵力。

我十分喜欢那股清泉。虽然在“希斯帕诺拉”号上，我们过得已经非常舒服了，有充足的武器装备，还有享用不尽的美酒和美食，可是我们竟然忽略了没有淡水这件事。正当我在思考的时候，岛上传来人类临死前的惨叫声。死亡我见得多了，我曾是坎伯兰公爵的部下，参加过丰特努瓦战役，还曾因此而负过伤。但此时我的心却慌乱得怦怦直跳，心里大喊着："吉姆·霍金斯死了。"

老兵可不简单，倘若他还是位医生，那就更了不起了。我们一分钟都没耽搁，当下就做出决定，立刻跑到岸边跳上小船。

幸运的是，亨特的划桨技术十分高超。我们的桨激起层层浪花，很快就来到了大船旁，然后登上了大船。

我发现等我的人都紧张得瑟瑟发抖，这很正常。乡绅坐在那里，脸色像白纸一样，因自己将我带入了如此大的祸端而自责。他真是个善良的人！六个水手中也有一个人的神色十分紧张。

"那个水手，"斯莫利特船长向他点点头说道，"也是第一次遇到这种事。他听到惨叫声时，几乎快要昏过去了。再花些力气，我们就能说服他成为自己人。"

我告诉了船长我的打算，然后我们热烈地讨论起安营扎寨的细节工作。

我们让老雷德拉斯拿上三四把上好子弹的滑膛枪和一个用作掩护的厚床垫，守在水手舱与船舱之间的走廊里。亨特负责将小船划到尾舱门的下方，乔伊斯跟我将火药桶、滑膛枪、饼干包、腌肉和一桶白兰地，再加上我那无比珍贵的医药箱都装到小船上。

同一时间，船长和乡绅留在甲板上，招呼剩下的这些人里面的首领，即舵手过去。

"汉兹先生，"船长说道，"我们两人每人拿着两把手枪，如果你们中有人胆敢给岸上的人发信号，我就立刻断送了你们的小命。”

海盗们都被吓到了，经过短暂的讨论之后，他们决定从前升降口那里下去跑到后面偷袭我们。但是，当看到雷德拉斯正在下面的走廊中等着他们时，他们立刻逃到船舱里躲了起来，其中有个人还伸出脖子向甲板上张望。

“下去，狗东西！”船长冲他大叫着。

那个人马上将脑袋缩了回去。接下来的一段时间里，我们完全听不到这六个已经被吓傻的水手的声音了。

这时，小船已经被我们装满了物资。乔伊斯和我从尾舱门跳到小船上，快速将小船划向岸边。

我们的第二次登陆引起了小船看护者的警惕，他们再次停止哼唱《勒里不利罗》。我们刚刚消失在海角的掩护中，其中的一个守船人突然向岸上跑去，很快就不见踪迹了。我想着要不要改变计划，先击沉他们的小船。可我又担心西尔弗和他的人此时就在不远处，太过冒险的话可能会导致一事无成。

我们很快就在上次登陆的地点上了岸，努力把船上的物资往木屋里运。第一次我们三个人都往围栏里背了很多东西，将物资放好后，就留下乔伊斯一个人守在那里。是的，我们仅仅留了一个人守在那里，但我们给他留下了六把滑膛枪。亨特跟我再次跑到小船上搬运物资。我们不断往返搬运，容不得一刻喘息，直到将小船上的物资全部搬到围栏中。我让两个仆人留下看守围栏，我独自划着小船全力向“希斯帕诺拉”号驶去。

我们铤而走险，继续装第二船物资。事实上，我们还是有些把握的，事情的发展并没有想象得那么可怕。他们虽然人数众多，但是我们的武器装备充足。岛上的海盗没有一个带了滑膛枪。毫不夸口地说，不等他们进入手枪的射程内，就已经被我们干掉半打了。

乡绅正在后尾舱窗口那里等我，他之前那股不安的情绪已经不见了。他快速地拉紧拴好小船的绳索，然后立马开始和我一起往小船上装货。这次主要装的是猪肉、饼干和火药，并为乡绅、船长、我自己以及雷德拉斯各留了一支滑膛枪和一柄弯刀，其余的武器都被我们扔进了2.5英寻深的大海里。透过海水，我们看到这些被擦得锃亮的武器，在阳光的照射下躺在海底闪闪发光。

这时已经开始退潮了，大船围着铁锚摇晃打转。从两条小船那边传来了人说话的嘈杂声，这说明，我们并不用担心此刻处在东边围栏里的乔伊斯和亨特，但也提醒我们要马上离开这里。

雷德拉斯从他守着的走廊撤退到小船上，我们将小船划到大船的另一侧去接斯莫利特船长。

“现在，你们这些人，”斯莫利特船长喊道，“听得到我的声音吗？”

水手舱里没有人出声。

“是你，亚伯拉罕·格雷，我现在是在对你讲话。”

仍旧没有人应答。

“格雷，”斯莫利特船长更大声地喊道，“我就要离开这艘船了，我命令你跟随你的船长。我知道你骨子里是个好人，我敢说你们当中没有一个人像表面看起来那么坏。我手上有块表，给你30秒的时间决定是否加入我们。”

仍旧是一片寂静。

“来吧，我的好小伙，”船长接着说，“不要再犹豫了，我是在拿我们的生命冒险，你耽搁的每一秒都是这些好心的绅士用生命换来的。”

突然，舱里爆发出一阵挥动武器打斗的声音，然后亚伯拉罕·格雷脸上带着刀伤冲了出来，就像一条听到主人召唤的狗一样向着船长跑来。

“我跟你走，先生。”他说。

然后，他和船长一起跳到了小船上，我们马上划桨驶离那里。

我们终于离开了大船，但是还没有到达东边岸上的围栏里。

第十七章　小船的最后一趟冒险（由医生继续叙述）

这是小船第五次行驶在海面上，但这次与前几次完全不同。第一，这条如同陶罐一样脆弱的小船已经被完全塞满了。我们五个人中，特里劳尼、雷德拉斯和船长的身高都超过了6英尺，光这对于小船来说就快要超载了，更别提船上还有面包、火药和猪肉，此时船尾几乎快被压到水面以下了。我们的船里进了好几次水，船还没驶出100码，我的裤子和外套下摆就已经被水溅湿了。

船长让我们把船上的一些物资和人调换位置，以便让船保持平衡。虽然如此，我们还是要小心翼翼的。

第二，我们赶上了退潮。卷着浪花的水流正湍急地通过浅滩向西侧涌去，然后进入早上“希斯帕诺拉”号通过的那条海峡往南汇入大海。即便是小小的浪花，对我们的小船来讲都是威胁。更为不幸的是，我们的船此时被水流冲得偏离了航线，我们无法在先前那个最佳登陆点上岸了。而且，如果我们不赶紧行动，船就会被推向敌人的两条小船那里，随时有可能遇上赶回来的海盗们。

“我没办法控制小船让它向围栏行驶，先生，”我对船长说，他和雷德拉斯因为体力较充沛正在努力地划桨，“浪潮把我们使劲往下推，你们再加把劲，好吗？”

“再使劲船就要翻了，”船长说，“你必须撑住，先生，我们要尽可能撑到胜利的那一刻！”

我试着找到规律，渐渐发现将船头向东，与我们想去的方向垂直的时候，船才不会被推向西边。

“这个速度我们是没法上岸的。”我说。

“当这是我们唯一可以驶向登陆点的航线时，我们就只能这么做，”船长回应道，“我们必须逆流而上，先生，这点你应该清楚，”他又说，“如果我们顺着水流航行，错过应该登陆的地方的话，指不定会从哪里上岸，还有可能被水流冲到海盗们的小船边。如果我们继续现在的航线，等一会儿水流变弱后，我们就可以顺着海岸往回划了。”

“潮水已经开始变弱了，先生，”格雷说道，他此时在船头坐着，“你可以把舵松一松了。”

“谢谢，我的兄弟。”我说。我尽量表现得好像之前没发生过什么似的，我们都决心把他当自己人对待。

突然，船长又说话了，只不过这次他的声音有些奇怪。

“大炮！”他说。

“我想过大炮的事，”我本以为船长是怕海盗用它来攻打围栏，所以我解释道，“他们没法将大炮搬到岸上，就算搬上来了也没法将它拖过丛林。”

“你看后面，医生。”船长回答。

我们竟然忽略了船上最大的火炮——“大雪茄”！此刻，那五个海盗正手忙脚乱地脱下她的炮衣——他们也叫这炮衣为“牢固的防水衫”——她一直被牢牢地绑在防雨帆布下面。不仅如此，我猛然想起大炮用的弹药也都还在船上，那些亡命徒只要用斧子将装弹药的箱子劈开，所有一切就都是他们的了。

“伊斯雷尔是弗林特的炮手！”格雷的吼叫声听起来都有些嘶哑了。

我们什么也顾不上了，只知道拼命往岸上划。此时，我们已经摆脱了潮水的控制，我也正确地掌控着船头的方向，只要稳稳地向前划桨就能把持住船的航线。但这样做的结果是，我们的船舷而不是船尾正对着“希斯帕诺拉”号，让我们看起来像个敞开的大门一样等待炮弹的袭击。

我看到和听到已经喝多的伊斯雷尔·汉兹赤红着脸，像个醉鬼一样失手将炮弹嘭地摔到了甲板上。

“这里谁的枪法最准？”船长问道。

“特里劳尼先生最棒！”我说。

“特里劳尼先生，麻烦你帮我干掉那些海盗中的一个，好吗？如果可能的话，最好是汉兹。”船长说。

特里劳尼先生冷酷得如同一块钢铁，他看了看枪里的子弹。

“现在，”船长大声说，“放松点儿拿着你的枪，先生，不然你会让我们翻船的。”

乡绅举起枪时，我们都停止了划桨，将重心放在船的另一侧以使船保持平稳。一切都做得非常好，船里始终没有涌进一滴水。

这时，“大雪茄”的炮口已经对准我们了，汉兹站在最外边正在鼓捣着火药。可是我们非常不走运，特里劳尼开枪的那一刻汉兹蹲了下来，子弹呼啸着掠过他的头顶，将其余四个人中的一个击倒在地。

那个人的惨叫声不仅引起了船上人的回应，也引起了岛上大群人的呼喊。往海盗上岸的方向看去，他们正从树林中冲出来，连滚带爬地坐上小船。

“船长，海盗的小船就要向我们冲过来了。”我说。

“我们快走！”船长喊道，“已经顾不上会不会翻船了。不尽快上岸的话，我们就完蛋了！”

“船长，他们只划出来一条船，”我补充道，“其他人估计想从岸上拦住我们。”

“那他们可要跑上一会儿了，医生，”船长说着，“你要知道，海盗在岸上可就没那么威风了。他们不足以让我们畏惧，我更担心的是‘大雪茄’。现在的情况就好比是地毯保龄球，就算是让个女仆去打也不会失手的。乡绅，你要帮我们看着点儿，如果他们点火的话，我们要马上收桨。”

我们飞快地划着这艘超载的小船向前行驶，同时几乎没有让一滴水涌进来。我们离岸边越来越近了，再多划三四十下就能到了。潮水退去之后，海岸上露出狭长的一条沙带。由于有海角隔在中间，小船上的海盗已经看不见我们了。退潮虽然在前面给我们造成了麻烦，但是现在也牵制住了追逐我们的敌人。威胁的源头就只剩船上的大炮了。

“如果可以的话，”船长说，“我真想停下船再干掉一个！”

显然，没有什么能推迟海盗发射炮弹的计划的。他们连看都没看躺在地上的同伴，尽管那时他还有口气，正努力地往边上爬去。

“点火了！”乡绅大叫道。

“收桨！”船长立刻喝令道。

船长和雷德拉斯奋力向后一倒，船尾一头栽入水中。几乎同时，炮声响了起来。这也是吉姆听到的第一声炮响，之前特里劳尼先生开的那一枪他并没有听到声响。我们没人知道那枚炮弹最终射向了哪里，不过估计是擦着我们的头顶飞过去了，它造成的强烈气流对我们来说威力巨大。

于是，整条船从尾部开始，缓慢但彻底地沉到水面下3英尺的地方。我和船长站在水里面面相觑，另外三个人则完全没入了水里，等他们的头浮出水面后，他们大口大口地吐着海水，身体也都湿透了。

还好，到目前为止，我们没有人死去，也没有人受伤，全都安全地上了岸。但是，我们最后一船的物资完全翻到了海底，我们身上的五把枪也只剩两把可以用了。翻船的那一刻，我反应迅捷地抓起膝盖上的枪举过头顶，船长的枪则被他用子弹带紧紧地绑在了肩上，而且他机智地一直将枪口向上。其余三把枪则与物资一起沉到了海底。

让我们感到不安的还有岸边树林里传来的呐喊声似乎越来越近了。我们一边担心只剩半条命的我们半路被冲向围栏的敌人们突袭，一边担心已经在围栏中的亨特和乔伊斯无法抵挡海盗们的偷袭。亨特是个刚强的人，这众所周知。但是乔伊斯就不好说了，他是个讨人喜欢的仆人，能把衣服刷洗得非常干净，为人又很有礼貌，可是在打斗方面就难说了。

在冲向岸时，这些疑问不断地在我们的脑海中盘旋。沉入海底的物资和那条小船早已被我们忘在一边。

第十八章　第一天的战果（由医生继续叙述）

我们用最快的速度穿过树林跑向围栏。似乎我们每跑一步，海盗的声音就更近一点儿。没多久，我们连他们奔跑时的脚步声和不时踩断树枝的声音都能听到了。

我开始认真地检查手中的枪是否已经上好子弹，并准备大战一场！

“船长，”我说，“特里劳尼的枪法百发百中，但他的枪已经不能用了，把你的给他吧。”

他们交换了手里的枪，从始至终特里劳尼乡绅都表现得沉着而冷酷，他停下来检查枪支是否已上好膛。我还发现格雷手无寸铁，便把我的弯刀给了他。只见他往手心吐了口吐沫，双眉紧锁，将弯刀舞得呼呼生风，这使我们的心情有所好转。看着他强壮的身体，我们自认为得到了一个得力的帮手。

我们又跑了四十多步，围栏已经近在眼前了。我们从正南向木屋外的围栏靠近。正在这时，围栏的西南方出现了以水手长乔布·安德森为首的七个叛徒，他们大叫着奔了过来。

看到我们，他们愣了一下，就要往后退。还没等他们调整好步伐，乡绅和我，还有屋内的亨特、乔伊斯一起向他们开了枪。四把枪虽是乱射一气，但也起到了应有的作用，一个人倒在了地上，另外几个人逃进了树林里。

我们重新上好子弹，顺着围栏跑去看那个倒地的敌人。子弹打穿了他的心脏，他已经彻底断了气。

我们为这次小小的胜利欢呼着，正在这时，一声枪响夹裹着一颗子弹从我的耳边呼啸而过，接着汤姆·雷德拉斯，这个可怜人踉跄了一下就倒在了地上。特里劳尼和我马上进行反击，但是我们并不知道目标在哪儿，并因此浪费了子弹。我们再次装好子弹后，马上去看汤姆的情况。

船长和格雷已经在检查他的伤势了，我只扫了他一眼就知道他已经没救了。

我确信我们的回击吓跑了敌人，因为在我们将流着血、不停呻吟的老汤姆举过栅栏扛进木屋时，没有受到一点儿打扰。

可怜的老家丁，从这件倒霉的事开始到现在，他从没表现出一丝惊讶、抱怨、恐惧甚至认命的意思。即使在我们把他运往木屋的路上，面对死亡时，他也尽可能保持安静。他之前仅用一块厚床垫作为掩护，像个特洛伊人[1]一样在走廊上守护我们；他曾经如同最忠诚的猎狗一样，毫无怨言地出色地完成了每一项任务。他是我们当中年纪最长的，大我们有二十岁，可现在，这个忠诚的、不言不语的老仆人就要离我们而去了。

乡绅跪在汤姆的身边拉着他的手亲吻着，乡绅哭泣的样子无助得像个孩子。

---

1 据荷马长诗《伊利亚特》所载，特洛伊人十分善于防守。——译者注

“我要走了吧，医生？”汤姆问我。

“汤姆，我的老朋友，”我说，“你就要回家去了。”

“真希望我是第一个打中他们的人。”他说道。

“汤姆，”乡绅说，“你会原谅我吗，你会吗？”

“让我原谅您，这么说恐怕太冒犯您了吧，先生？”他回答道，“无论如何，如您所愿吧，阿门！”

接着是一片沉默，然后汤姆说希望有人能念上一段祷告词。“这是我们的习俗，先生。”他补充道。没过多久，他再没留下一句话，就这么走了。

这时，船长从他的怀里和口袋里掏出来许多东西，我早就注意到船长兜里塞得鼓鼓囊囊的。他拿出了英国国旗、一本《圣经》、一卷结实的绳子，还有钢笔、墨水、航海日志和几磅烟草。他在围栏中找到了一根倒在地上的长长的冷杉树干，将它的枝条清理干净后做成了旗杆。亨特帮着他一起将旗杆立在了木屋外的一角，船长亲自爬到屋顶将国旗拴在了旗杆上。

做完这些，船长似乎如释重负。回到屋子里后，他开始清点物资，冷静得如同没有发生过任何事情一样。事实上，他一直关注着汤姆离去的整个过程，他做完这些后，走到汤姆身边将另一面国旗真诚地盖在了他的身上。

“请节哀，先生，”他说，同时紧握着乡绅的双手，“好运会伴随着他，他至死都在为自己的主人和船长履行职责，他的灵魂会得到安息的。虽然我这么说有些不太符合教义，但事实就是如此。”

然后，他将我拉到一边。

“利夫西医生，”他说，“你和乡绅期盼的到这里援助咱们的那艘船还有几周才能到？”

我跟他说不是几周而是几个月，倘若8月底我们还没有回去，布兰德利就会派人来找我们。他既不会早一天也不会晚一天。“你自己也能数出日子来。”我说。

“哦，是的，”船长挠挠头回答道，“就算把老天爷给我们的运气都加起来，我们仍是凶多吉少。”

“这么说是什么意思？”我问道。

“非常可惜，先生，我们丢了第二船物资。这就是我要说的。”船长答道，“虽然我们还有足够的枪支和弹药，但是吃的比较紧缺，或者说非常非常紧缺，利夫西医生，这么看我们少张嘴也是好事。”

说罢，他用手指了指被国旗盖着的尸体。

正在这时，一枚炮弹夹杂着轰鸣声从木屋顶上方飞过，投落在远处的林间。

“哦！”船长说，“尽管开炮吧！你们也没多少炮弹了，混蛋们！”

第二发炮弹射得比较准，落到了我们的院子里，飞溅起好多尘土，幸好没有人员伤亡。

“船长，”乡绅说，“船上是无法看到木屋的，他们一定是看到了我们挂的旗子。我们把旗子降下来会比较好吧？”

“降旗！”船长喊道，“先生，我是不会这么做的！”我们都非常赞同他说的这番话。这面旗帜不仅代表着勇敢、美好的水手情怀，它更向敌人展示了我们不惧怕他们的炮击，无所畏惧的气魄。

他们用大炮轰打了我们一整个晚上。炮弹一个接一个地投向我们，有的离我们很远，靠近一点儿的就扬起一片沙土。他们不得不把炮弹打得高高的，才能穿过树林，击向我们，但这时落入沙堆的炮弹就会变成哑炮。因此，我们并不畏惧飞弹，甚至有一颗还投到了我们的房顶上，然后它弹起落到了地上并滚出去了。渐渐地，我们习惯了这种小把戏，只把它当作普通的板球游戏。

“有件事对我们来说是好事，”船长观察了一会儿说道，“我们正前方的树林里肯定没有敌人了。潮水已经退下去很久了，我们刚才沉入海底的物资现在应该露出海面了。谁愿意出去帮我们捡回腌肉？”

格雷和亨特自告奋勇地冲了出去，他俩带好武器偷偷地翻过栅栏溜了出去，但是却空着手回来了。这帮叛徒比我们想象的猖狂很多，他们看来是极为信任伊斯雷尔的炮术。几个水手正在海滩上打捞我们落水的物资，将它们装到了旁边的一艘小船上，船上有人用桨保持着船身的平衡。西尔弗坐在船尾指挥着整个行动，同行者身上都带着滑膛枪，估计是从他们隐蔽的军火库中弄来的。

船长坐了下来，开始写航海日志。以下内容便是关于第一天的战果的一个开头。

> 亚历山大·斯莫利特，船长；大卫·利夫西，医生；亚伯拉罕·格雷，木匠助手；约翰·特里劳尼，船主；约翰·亨特和理查德·乔伊斯，船主的仆人，从未出过海的新水手；这些便是船上所有忠心的人。我们登上金银岛，带上岸的口粮只够支撑10天的。我们在

岛上的围栏里升起了英国国旗。托马斯·雷德拉斯，船主的仆人，新水手，被敌人射中身亡；詹姆斯·霍金斯，客舱服务员……

就在船长写日记的同时，我也在为吉姆·霍金斯的悲惨命运伤心。

忽然围栏外传来了一阵打招呼的声音。

“有人正在跟我们打招呼。”正在放哨的亨特说。

“医生！乡绅！船长！嗨，亨特，是你吗？”喊叫的声音越来越近。

我立刻跑到木屋的门口，看到吉姆·霍金斯安然无恙地向我们打着招呼，并翻越围栏朝着我跑来。

第十九章　守卫围栏（以下转由吉姆·霍金斯叙述）

本·冈恩看到国旗后，立刻走过来拉着我的手臂，让我同他一起坐下来。

“那里，”他说，“我敢肯定是你的朋友。”

“我觉得更像是那些叛变的水手。”我说。

“不会的！”他大声说，“我为什么这么说？是因为像在这样一个除了‘冒险先生’别人都不会来的地方，西尔弗会明目张胆地升起海盗旗。这点毋庸置疑。不，这一定是你的朋友们。刚刚才发生了一场战斗，你的朋友们应该是胜利的一方。他们现在就在那个弗林特在很多、很多年以前建造的老木屋里。嗯，弗林特真是个有头脑的人！如果他不酗酒的话，没有人能比得过他。他不怕任何人，从不！除了西尔弗，那个绅士般的西尔弗。”

“嗯，”我说，“你说得应该没错。既然如此，我要尽快跑过去加入他们的队伍。”

“别急，朋友，”本回答，“还不是时候。你是个好孩子，我不会看错的。但不管怎样，你还只是个孩子。你看，本·冈恩可机灵着呢。就算是朗姆酒也不能把我带到你去的地方，是的，朗姆酒都别想。除非让我见到真正的绅士，然后从他那里得到他亲口的保证。你不会忘记我们之间的话吧，‘我完全信任一位绅士（这句一定要说）——彻头彻底地信任’，然后别忘了拧他一下。”

说着，他面带狡黠地第三次拧了我一把。

“还有，你想找本·冈恩的时候，你知道在哪里能找到他。吉姆，就是你今天遇到我的地方。来找我的这个人手上务必要拿着白色的物品，而且必须一人孤身前来。哦！你要这么说：‘本·冈恩这么做自有原因。’”

“好的，”我说，“我觉得我全部理解了。你希望得到承诺，你希望乡绅或者医生前来找你，在我见到你的地方就能找到你，以上这些就是全部，对吗？”

“还有，什么时间好呢？你说？”他补充道，“那就在正午到钟敲六下之间吧。”

“好的，”我说，“那我走了？”

“你不会忘了吧？”他忧心忡忡地问我，“你要说‘完全信任’和‘自有原因’。‘自有原因’最重要，这是男人之间的事。嗯，然后，”他仍旧抓着我，“我认为你可以走了。吉姆，假如你见到西尔弗的话，可千万别出卖本·冈恩啊！一言既出，驷马难追。吉姆，如果海盗敢上岸扎营，我会让他们的老婆第二天都变成寡妇。”

他的话被一声巨大的声响打断了，一枚炮弹穿过树林，落到了离我们说话的地方也就100码的沙地上。下一刻，我们两个人立马各自转过身逃向不同的方向。

接下来的一小时里，大炮的轰鸣声使小岛微微发颤，炮弹一直射过来不断地穿过树林。我一路躲闪，那些炮弹非常可怕，好像一直在追着我似的。眼看炮弹轰炸就要过去了，我还是不敢贸然跑到围栏中去，毕竟敌人的火力都集中在那里。不过，我重拾信心，从东边兜了个大圈子，然后钻进了岸边的树林。

太阳刚刚落下山去，树林被海风吹得沙沙作响，落锚地灰暗的水面被海风卷起细细的波纹。海潮已经退下去很远了，大片大片的沙滩露在外面。白天被太阳烤得闷热的空气，此时带着丝丝凉意穿过夹克让我感到有些冷。

“希斯帕诺拉”号仍停泊在落锚地，只不过一面代表着海盗的黑色骷髅旗，正高高地挂在桅杆上。我才看了一眼，一道红光突然闪过，随着一声炮响，一颗炮弹从空中划过。这是最后一次炮击。

我趴在地上观察了一会儿炮击结束后海盗们的工作。他们正拿着斧子在海岸附近的沙滩上忙着砍什么，原来是那些可怜的小船。再远一点儿，河流入大海处附近的树林里，海盗已经点起了篝火。一条小船正在海角与大船间频繁地往返着。之前还满腹抱怨的海盗们现在正努力地划着桨，像孩子一样兴高采烈地说笑着。从声音判断他们一定喝了不少朗姆酒。

过了一会儿，我觉得我已经可以返回围栏了。我现在在两山之间的洼地里，这里满是沙子，一半没入水中与骷髅岛相连。洼地处于落锚地的东边。等我站起来后，发现远处的灌木丛中孤零零地矗立着一块岩石，这块白色的岩石看起来非常高。它让我猛地意识到，这也许就是本·冈恩跟我提到的那块白色岩石。这下好了，当某一天我需要一条小舟的时候，我就知道去哪里找了。

接着，我避开树林，沿着树林的外围重新走向围栏。这边是围栏的后面，也就是远离浅滩的那一面。没过多久，我就受到了伙伴们出自真心的欢迎。

我快速地讲了一遍自己经历的事情，然后看向四周。搭建木屋的木材并没有被刨成方形，无论是屋顶、四壁和地板全部都是由圆松木搭成的。地板有几处略高于沙地1英尺到1.5英尺的距离。门口修建了一个门廊，门廊下有一个泉眼，泉眼被一个造型奇特的人造水盆圈成蓄水池。仔细看，原来这个水盆是某个船上被敲掉底的铁锅，被埋在沙地里刚好到“吃水线”的位置。

这座木屋除了具备最基本的房屋结构外，里面几乎什么都没有。不过在一个角落里摆着一块石板，是用来做灶台的。旁边一个生了锈的废旧铁箱子里放着烧火用的木柴。

小山坡和院子附近的树都被砍了用来搭建这座木屋，只剩下地上的树桩仿佛在向我们诉说这里曾经是多么的枝繁叶茂，这片树林是多么美丽。树木被砍伐以后，地面上的土壤要么被水冲走了，要么已经被黄沙覆盖。从人造水盆里流出的泉水经过的地方长出了厚厚的苔藓、羊齿菜和低矮的灌木，使这块沙地看起来还算有些绿色的生机。围栏的四周是大片的茂密的树林，紧紧地将这块领地环绕着，虽有遮挡作用，但这些树木长得太高太近了，不利于防御。靠近陆地的一面生长的基本都是高大冷杉，而靠近海的一面则是常青橡树和冷杉的混生林。

我前面才刚提到的夜晚的冷风，正穿过简陋的墙壁呼呼地往屋里钻，地板上留下风带进来的沙子。有些沙子吹进我们的眼睛里、嘴里、晚饭里，甚至还在人造水盆的泉水中随风舞动，好像是一锅煮开的粥一样。屋顶上方留了个小口做烟囱，但只有小部分的烟能从那里出去。许多烟弥漫在屋内，弄得我们咳嗽不断，眼泪直流。

再看看那个格雷，我们的新伙伴，他的脸因为与叛徒的打斗而挂了彩，现在正被绷带紧紧缠着。而我们可怜的老汤姆仍旧在那里躺着，还没来得及入土，他已经僵硬的身体紧挨着墙壁，身上还盖着那面国旗。

如果我们一直无所事事地坐在这里的话，无疑会让我们的心情越来越沉重。斯莫利特船长可不会允许这种事情发生。他把所有人叫到他面前，将我们分成组轮流放哨值班。医生、格雷和我是一组，乡绅、亨特和乔伊斯是另一组。尽管我们已经疲惫不堪了，但还是有两个人被指派去劈柴生火，另外再有两个人去给雷德拉斯挖坟墓，医生要为我们做饭，我则帮大家放哨。船长四处走动，在给我们打气的同时也给需要的人搭把手。

医生时不时地要走到门口去喘口气，也让他被烟熏得难受的眼睛和脑袋休息一下。无论他什么时候走出来，总要跟我聊上两句。

“斯莫利特这个人比我厉害得多，”一次医生说，“我说这话可是非常认真的，吉姆。”

还有一次他走出来，默默地沉思了一会儿，然后把头歪向一旁看着我。

“那个本·冈恩靠得住吧？”他问道。

“我也不知道，先生，”我说，“我甚至不是非常确定他的头脑是否清醒。”

“如果你在这点上怀疑一个人，那么他就是不清醒的，”医生回答道，“一个在荒岛上独自度过三年的人，只能靠啃指甲打发时间。吉姆，我们无法期望他像你我一样正常，要不就太不通情达理了。你说他做梦都想吃到奶酪，是吗？”

“是的，先生，奶酪。”我回答。

“好的，吉姆，”他说，“让我们看看这美食能给我们带来什么好运吧。你看到过我的鼻烟盒，对吧？但是你从未见过我吸鼻烟，这是因为我放了一块帕尔马奶酪在里面。这是一种产自意大利的奶酪，很有营养。好吧，咱们就把它送给本·冈恩吧。”

吃晚饭前，我们将老汤姆葬在了沙地中。我们在寒风中脱下帽子，围站在他的坟边哀悼了一会儿。我们已经有了很多柴火了，但是仍没有达到船长的要求。他一边摇着头一边对我们说：“明天我们必须加把劲再多弄些柴回来。”在这之后，我们吃了些猪肉，每个人又喝了一杯掺了水的烈性白兰地。然后，三个负责人聚在角落里商量我们接下来该怎么做。

那些海盗似乎已经没有什么招数可用了。我们的食物少得可怜，如果干等着救援的人来接我们，没等他们出现我们就已经饿死了。毫无疑问，我们最大的愿望就是能杀死这群海盗，放倒骷髅旗，然后开着“希斯帕诺拉”号离开这里。他们的人数已经从十九个减到十五个了，还有两个受了伤。那个在大炮旁被射中的人，没死也是重伤。我们接下来每一次跟他们作战都必须十分小心，一定要保住自己的性命。除此之外，我们还有两个给力的盟友——朗姆酒和这里的气候。

先说朗姆酒吧，虽然我们与他们之间的距离有半英里远，却仍能听到他们嘶吼、唱歌的声音，而且这声音几乎持续了整个晚上。再来说说气候，医生敢用他的假发打赌，驻扎在这种沼泽地里，在缺乏医疗保障的情况下，用不了一周，海盗们就会倒下一半。

“所以，”医生说，“倘若我们没有先被他们干掉，他们最后会更愿意接收那艘大船，毕竟‘希斯帕诺拉’号是那么好的一艘船。我猜他们会再次成为海盗，继续他们的老本行。”

“那将是我有生以来丢掉的第一艘船了。”斯莫利特船长说。

我简直累得要死。你可以想象，就寝时，我的脑袋一碰到枕头，我就睡得跟榆木似的那么沉。

休息了很长一段时间后，我被一阵喧闹和说话声吵醒了。那时，除了我以外的其他人早就起床吃过早饭了，而且他们已经捡了有昨天一半那么多的柴火回来。

“停战旗！”我听到一个人这样说。紧接着，有一个充满惊讶的声音大叫道：“是西尔弗本人！”

听到这些，我立刻跳下了床，揉了揉眼睛，向墙上的一个射击孔跑去。

第二十章　大使西尔弗

围栏外面果然站着两个人，一个人正拿块白布挥舞着，另一个人就是西尔弗，一言不发地站在那里，看不出脸上的表情。

这时天色仍旧很早，太阳还没有完全升起来。天气非常冷，是我出海以来最冷的早晨，几乎冻得我连骨头缝都疼。蓝色的天空中没有一丝云朵，树梢被冉冉升起的朝阳染上了一层红晕。但是西尔弗和他的副官两个人仍站在树荫下，从他们被白雾笼罩着的双膝可以看出，他们是蹚着沼泽地中升起的雾气走到这里的。寒冷和浓重的雾气大概就是这个岛杳无人烟的原因。这是个闷热潮湿又不卫生的地方。

“待在屋子里，兄弟们，”船长说，“十有八九这是个圈套。”

然后，船长大声向海盗们喊话。

“来者何人？别再往前走了，否则我要开枪了！”

“休战旗。”西尔弗说道。

船长非常谨慎地站在门廊下一处子弹打不到的地方。他转过身对我们说：

“医生那组负责守住射击孔。利夫西医生，麻烦你看住北边，吉姆守在东边，格雷守在西边。除了放哨的人外，其他人全部着手去装弹药。麻利点儿，兄弟们，同时小心点儿。”

然后，他转过身去，面对叛徒们。

“你们举着休战旗来是什么意思？”船长大声质问着。

这次是另外一个人的声音。

“西尔弗船长是来和你们谈判的，先生。”

“西尔弗船长！从没听说过这个人。他是谁？”船长大声地说。之后，我们听到他自言自语地说：“船长？我的天啊，升得可真快啊！”

长腿约翰自己说道：

“是我，先生。你弃船以后，这些可怜的水手就推选我做船长了，先生。”他说这句话时着重强调了“弃船”几个字，“如果我们的谈判能够达成一致的话，我们愿意服从管理，绝对不再惹事。同时，我想得到你的保证，斯莫利特船长，请让我安全地离开围栏。如果你们要开枪的话，请给我一分钟的时间离开这里。”

“我的老兄，”斯莫利特船长说道，“我跟你根本没什么可谈的。如果你有什么要说的，你可以进来，我要说的就这些。就算是要手段，也只可能是你们那边，就让上帝来帮你吧。”

“这足够了，船长，”西尔弗高兴地说道，“有你这句话足够了。我相信一位绅士，你一定说到做到。”

我们看到举着白棋的那个人想把西尔弗拉回去。这并不奇怪，从船长的语气中可以听出他有多么傲慢。但是西尔弗冲着那个人大声地笑了笑，然后拍了拍他的后背，好像在说他的警告都是荒谬可笑的。接着，他走到围栏前，把拐杖扔进围栏，用力抬起腿靠着技巧翻过了栅栏，平稳地站在了围栏里面。

我必须承认，我被眼前的一切惊呆了，甚至都忘了自己放哨的职责。实际上，我已经从东边的射击孔那里走到了船长身后。船长此时坐在门槛上，胳膊支在膝盖上，用手托着头，他的眼睛直直地看着从旧铁锅里不断涌出的泉水。他正低声地吹着《来吧，姑娘和小伙子们》的口哨。

西尔弗费力地爬上小山丘。坡面比较陡峭，加上有很多树桩和松软的沙土，西尔弗的拐杖就像在沙滩上搁浅的船一样寸步难行。面对这些困难他就像个真正的男子汉一样一言不发，当他终于来到船长面前时，他用最标准的姿势向他敬了个礼。他正穿着自己最好的衣服，一件宽大的蓝色外套，下摆长及膝盖，上面钉了许多黄铜色的纽扣；他的头上甚至戴了一顶镶着精美蕾丝边的圆帽。

“这里，老兄，”船长抬起头对着他说道，“你还是坐在这里吧。”

“你不让我进屋吗，船长？”长腿约翰抱怨道，“这里的早晨多冷啊，坐在外面的地上一定会被冻着的。”

“嘿，西尔弗，”船长说，“如果你愿意做个诚实的好人的话，那么你现在正舒舒服服地坐在船上的厨房里呢。这都是你咎由自取。如果你仍是我的伙夫的话，我肯定会好好对待你的。然而，你现在是西尔弗船长，一个叛变的水手，还是一个海盗！现在你只配被绞死！”

“好、好，船长，”伙夫回答道，然后顺从地坐在了沙地上，“你这次可一定要再帮我一次。你们这里可真是个不错的好地方。哦，这是吉姆。你好！吉姆。医生，很愿意为您效劳。嗯，在我看来，你们大家聚在一起真像个无忧无虑的大家庭。”

“如果你有话要说，老兄，你最好快点儿说。”船长说道。

“你说得对，斯莫利特船长，”西尔弗回答说，“就事论事。好，让我们看看现在，你们昨晚确实干得非常漂亮。你们这里确实也有几个挥杆挥得非常漂亮的。我承认，我们中的一些人——也许是我们全部，都被打得措手不及，就连我自己也是吓了一跳。这就是我为什么来找你们和解。但是，你记住，船长，这样的事是不会发生第二次的。我以后会加强警备，节制饮酒。你大概以为我们都喝得酩酊大醉了吧？实话跟你说吧，我别提多清醒了，就是累个半死。如果我早点儿醒来，一定会亲手抓住你们的，绝对的。当我赶到那里的时候，那个被你们打伤的人还没死呢。”

“是吗？”斯莫利特船长尽量冷静地回应道。

西尔弗说的这些都让船长迷惑不解，但是你绝不会从他的声调中听出来。而我却渐渐明白了。我重新回忆了一遍本·冈恩最后说的那些话。我猜当那些海盗烂醉如泥地倒在篝火旁时，他一定趁机偷袭了他们。我几乎敢肯定，我们需要对付的敌人只剩下十四个了。

“嗯，就是这样，”西尔弗说，“我们想要宝藏，宝藏最后肯定是我们的——这也是我们此行的目的。你们大概就是想保住自己的小命吧，我估计？你们有张图，是吧？”

“好像是吧。”船长说。

“嗯，好，你们有的，我知道。”长腿约翰说道，“对别人说话时，你的态度不要那么强硬，要知道这并没有什么用。我的意思很明显，就是想要那张图。同时，我并没有想过要伤害你们，至少我本人是这么想的。”

“别跟我来这套，老兄，”船长打断了他，“你到底是怎么想的，我们都非常清楚，而且也不在乎。现在，你也知道，你们想得到那张图简直是痴心妄想。”

然后，船长镇定地看着他，并将自己的烟斗里填满烟草。

“如果亚伯拉罕·格雷——”西尔弗破口而出。

“就此打住！”斯莫利特船长喊道，“格雷什么都没对我说过，我也不会问他的。如果你再多说一句，我就先让你和他，还有整座岛一起沉入海底去见阎王！这就是我要对你说的，老兄，就这些。”

船长发了这通脾气，似乎使西尔弗安静了许多。之前西尔弗有些气焰嚣张，现在他已经恢复了常态。

“这足够说明一切了，”西尔弗说，“我无权阻止绅士按照自己的想法判断是非曲直。既然你已经点起了烟，船长，那我也就不客气地抽上一口了。”

然后，西尔弗也装满烟斗，点上了火。两个人安静地坐在那里抽了一会儿，时而面面相觑地对看一会儿，时而离开烟嘴待上一会儿，时而探身吐两口烟渣。看着他们好像在看一出精彩的戏剧一样。

“现在，”西尔弗先开口说道，“既然如此，你把图交给我们去寻宝，并且停止向那些可怜的水手射击，也别在他们睡着的时候去砸破他们的头颅。如果你照我说的去做的话，我们就给你两个选择：一是跟我们一起上船，等到宝藏搬上船以后，我以我的名誉向你发誓，会把你们载到某个安全的大陆上去；假如你们不愿意这么做的话，确实，我有些脾气粗暴的手下曾经受过不少你的欺负，所以二是你们可以继续留在这里，我们会分一半的物资给你们，像前面我发过的誓一样，会通知我们看到的第一艘船，让他们到这里来接你们。怎么样，我说的已经是你们能得到的最好的结果了，不可能有更好的了，你看呢？然后我希望——”说到这里时他提高了音量，“所有在这个屋子里的人也都好好考虑一下我的话，这些不仅仅是对船长一个人讲的，也是对你们所有人说的。”

斯莫利特船长站起身，将烟斗的烟灰在左手里磕了磕。

“就这些？”他说道。

“句句属实，对天发誓！”约翰回答道，“拒绝的话，下次见面再看到的就不是我，而是滑膛枪了。”

“非常好，”船长说，“下面你该听我说了。如果你们不带武器一个一个地到这里来，我就用铁铐将你们锁起来，到英格兰去接受公正的审判。如果你们不这么做的话，我的名字是亚历山大·斯莫利特，我已经升起了英格兰的旗帜，下面就是送你们这些人去见海底的阎王。你们既找不到宝藏，也没办法将船开走——你们里面没有一个人有这个本事。你们也没有能力打败我们——看到格雷了吗，你们中的五个人都没能拦住他加入我们这一方。你们的船现在无法行驶，因为你们正处在下风口，这点你很快就会发现了。我现在对你说的这些，将会是我对你说的最好的话了。以上帝的名义，下次我再见到你时，一定会用一颗子弹射穿你的脊梁骨。滚吧，老兄。请从这里滚出去，用你的手爬着走，越快越好。”

西尔弗的脸色看起来像一幅油画，他的眼球愤怒得都要瞪出眼眶了。他将烟斗里的火熄灭。

“扶我一下！”他嚷着。

“决不！”船长回答。

“谁来扶我一下？”他吼道。

我们没有一个人挪动脚步。他怒吼着用肮脏的字眼不停地咒骂我们。他在沙地中爬着，直到爬到门框边，才依靠门框拄着拐杖站了起来，然后将一口痰吐到了泉水里。

“呸！”他叫道，“这就是我对你们的看法。用不了一小时，你们这间破屋子就会像个朗姆酒桶一样被我打得稀巴烂。笑，老天爷，你们笑吧。不出一小时，我就让你们的笑变成哭，让你们痛苦得恨不得去死。”

他又喋喋不休地骂了一通才一瘸一拐地走下沙坡。他试着四五次想翻过围栏都失败了，最后还是在举白旗的那个人的帮助下才翻出去的。很快，他们就消失在树林中了。

第二十一章　反击战

西尔弗一消失，一直都密切地关注着他的船长便转身走进屋子。他发现，除了格雷仍守在自己的岗位上，其他人都没有恪守职责，所以非常恼火。这是我第一次看到他发这么大的脾气。

“各就各位！”他吼道。等我们全都灰溜溜地返回自己的岗位时，他说：“格雷，我会把你的名字写进航海日记——你像个真正的水手一样坚守岗位。特里劳尼先生，我对你的表现感到惊讶。医生，你曾经也是穿过军装的！如果你在方特诺伊服役的时候也是这种态度，那么你最好躺回你的床上去。”

医生这组人马上回到自己的位置上，其余的人忙着给枪支装上弹药。我能确定，当时每个人都羞得满脸通红，就像耳朵里跑进一只跳蚤般不自在。

船长默默地看着大家，过了一会儿才说话。

“兄弟们，”他说道，“我刚刚给了西尔弗一个连排炮。我臭骂了他，想惹恼他。不出一小时，他就会向我们发动攻击，就像他说的那样。我们的人手不足，这无须我多说。但我们可以在围栏的掩护下作战，而且就在一分钟前，我们的队伍还是有纪律可言的。

只要大家齐心，我毫不怀疑我们能够给他们沉痛的一击。”

然后，他绕圈巡视了一周，如他所讲的，凡事都准备好了。

木屋的东西两面墙比较狭窄，墙上只有两个射击孔；门廊那边的南墙上也只有两个射击孔；北面墙上的射击孔最多，共有五个。我们七个人共有二十把滑膛枪。柴火分成四堆，也可以说是搭成四个台子，差不多每面墙前面都有一个柴堆，每个台子上面都放了弹药和四把滑膛枪，供射击者使用。在台子的中间，弯刀被摆成了一排。

“灭掉炉火，”船长说，“寒气已经散了，不要让烟熏得我们睁不开双眼。”

着着火的铁炉子被特里劳尼先生拎到了院子里，没有熄灭的炭火被他闷灭在沙子里。

“霍金斯还没吃早饭。霍金斯，自己拿点儿吃的到你的岗位上去吃，”斯莫利特船长继续说道，“打起精神来。现在，我的孩子，只要活着就要吃饭。亨特，给每个人倒上一杯白兰地。”

趁这个间隙，船长已经在脑海中想好下面的作战方案了。

“医生，你守在门口，”他说，“小心，不要让自己暴露在敌人面前，站在里面，通过门廊向敌人射击。亨特，守住东面这里。乔伊斯，我的小老弟，你负责西面。特里劳尼先生，你是神枪手，你与格雷一起负责北面。那里有5个射击孔，也是射线最长、最危险的一面。如果他们冲过来，通过射击孔向里面开火，我们就完蛋了。霍金斯，你跟我都不擅长射击，我们站在这里帮他们装火药，做他们的帮手。”

像船长说的一样，寒气已经散去。太阳升到围在我们四周的树梢上时，热力一下就将之前的雾气蒸发得无影无踪。没多会儿，沙子开始烫人，木屋圆木上的树脂也被融化了。我们都把外套和上衣脱了下来，衬衫的领口也解开了，袖子被挽到了肩膀上。我们站在自己的岗位上认真地做自己该做的事，心里却有些焦躁，脑袋因为热而涨得难受。

一小时过去了。

“该死的家伙！”船长说道，“这里压抑得像赤道无风带。格雷，吹个口哨，把风带过来吧。”

正在这时，传来了第一声枪响。

“请问，先生，”乔伊斯说，“不管看到任何人我都开枪吗？”

“我告诉你，就这么做！”船长大声地说。

“谢谢，先生。”乔伊斯回答的时候仍旧彬彬有礼。

接着是非常安静的一段时间，但是前面的枪声已经将我们带入了警戒状态。大家竖起耳朵，睁大了双眼——枪手们已经架好了枪，船长的嘴唇紧紧地闭在了一起，站在屋子中间皱起了眉头。

几秒钟过后，乔伊斯猛地开了一枪，枪声响起的余音还没散尽，更多的子弹就射过来了，一枪接一枪的，像雁群一样飞来。有几枪甚至射中了木屋，所幸没有一枚打进来。待硝烟散去后，包围着我们的树林里又恢复了先前的平静，连树枝都一动不动，也没看到一个准备向我们发起进攻的枪管在太阳底下反射出的光。

“你打中敌人了？”船长问。

“没有，先生，”乔伊斯回答，“我认为是没有，先生。”

“实话实说最好了，”斯莫利特船长喃喃自语道，“把乔伊斯的枪装满炮弹，霍金斯。医生，你那边的敌人开了多少枪了？”

“这点我非常清楚，”利夫西医生说，“这边一共开了三枪。我看到三次闪光——两次离得比较近，较远的一次在西边。”

“三枪！”船长答道，“那你那边有几枪，特里劳尼先生？”

这次看起来不太好回答。太多的子弹从北边射过来，乡绅计算了一下大概是七枪，但是据格雷说大概有八九枪。仅有一发子弹是从东面或西面射过来的。显而易见，敌人是从北边展开进攻的，其他几个方向的射击都是虚张声势，为了扰乱我们的判断。对此，斯莫利特船长并没有对原来的部署做出调整。他认为，如果敌人翻越了围栏，任何一个无人看守的射击孔都可能被敌人利用，那时我们就像老鼠一样被敌人杀死在自己的堡垒中。

同时，也没有更多的时间让我们思考了。随着一声呐喊，突然从北边的树林中窜出一小股海盗，直冲围栏狂奔而来。这时，树林中的射击重新响了起来，一颗子弹呼啸地飞进门来，击碎了医生手中的滑膛枪。

海盗们如同猴子一样机敏地翻越了围栏。乡绅和格雷不停地射击，射中了三个人，一个人向前摔倒在院子里，另外两个被打翻在了外面。这两个中的一个好像并没有被打中，而是因为惊吓过度才摔倒的。很快，他就站了起来，转身消失在树林中。

两个人当场被击毙，一个吓跑了，顺利进到我们围栏中的一共有四个人。另外，还有七八个人此时正在树林中埋伏着，他们每个人也是装备了好几把枪，但他们只是胡乱地向我们射击，所以并没有什么效果。

四个已经翻越围栏的人，边喊着边向木屋冲过来，埋伏在树林里的人也跟他们一起呐喊助威。我们虽然也射了几枪，但恐怕因为太过紧张并没有射中他们。没多会儿，这四个海盗就爬上了沙丘冲向我们。

水手长乔布·安德森的脸出现在一个射击孔前。

“灭了他们所有人！所有人！”他吼叫的声音如同雷鸣一般。

正在这时，另一个海盗抓住了亨特的枪，猛一用力将他手中的枪夺走了，然后一个漂亮的回旋将可怜的亨特打晕在地。同时，第三个海盗绕着屋子跑了一圈，突然出现在门廊，举起弯刀向医生砍去。

我们的处境完全倒了过来。先前我们还在小屋的掩护下，向暴露在外的敌人射击，现在我们正暴露在敌人面前却毫无还击之力。

整个木屋里硝烟弥漫，也正是在这硝烟之下，我们暂时还算安全。呐喊和骚乱，闪光和枪声，还有一声巨大的呻吟充斥着我的耳朵。

“到外面去，兄弟们！出去和他们战斗！拿起弯刀！”船长喊着。

我从木柴堆中抓起一把弯刀，与我同时抓弯刀的另一个人，他的那把刀划伤了我的指关节，但我对此毫无感觉。我冲出门，跑到被阳光照耀得清清楚楚的屋外。有人在我后面紧跟着，但我并不知道是谁。在我正前方，医生正把他的敌人赶下沙丘。当我看到他们时，敌人正被他打得落花流水，他的弯刀狠狠地划过敌人的脸庞，那个人倒在地上疼得直打滚。

“到屋子后面去，兄弟们！去屋子后面。”船长喊着，尽管现在十分混乱，我也能听出他的声音有点儿不一样。

我机械性地顺从着船长的指令往东边转去，并高举着弯刀跑步转过屋角，没想到却迎面碰上了安德森。他大吼着将刀举过头顶，阳光下我看见他的刀闪闪发光。我来不及害怕，就在弯刀劈下前的危急时刻，猛地纵身跳到一旁，一脚踩在松软的沙堆里，重心不稳摔倒在地，不受控制地向坡下滚去。

当我刚刚逃脱门口的险境时，其他的叛徒已经从四面八方冲过来，想要置我们于死地。一个戴着红色睡帽的叛徒将弯刀叼在嘴里，正奋力地翻越围栏，他的一条腿甚至已经跨过围栏了。不过，就在我起身的瞬间，我看到那个戴着红色睡帽的家伙还像刚才一样跨在那里，另一个叛徒仅仅将头伸过了围栏顶。正在这千钧一发的时刻，战斗结束了，胜利是属于我们的。

格雷一直紧跟在我身后，那个大个子水手长还没从第一刀的落空中反应过来时，就被格雷砍倒了。另一个想向屋内射击的海盗，还没来得及向我们开枪就被格雷击中了，现在正躺在地上痛苦地挣扎着，手中的枪还在冒着黑烟。第三个海盗，像我前面看到的一样被医生一刀就解决了。翻进围栏的四个人里，还活着的只有一个了，不过那个人已经丢掉弯刀，因为害怕丢掉性命而四处逃窜。

“射击——到屋里去，向外面射击！”医生叫道，“兄弟们，快回到木屋里去隐蔽好。”

但是，并没有人照着他说的去做，也没有人开枪，所以剩下的这个海盗逃走了，同其他人一起消失在树林中。也就是三秒钟的工夫，这群袭击我们的海盗只剩下了倒在地上的五个人——四个在围栏里，一个在外面——其他人都逃跑了。

医生、格雷和我快步跑到木屋里。幸存下来的海盗很可能回来捡走他们丢下的枪支，随时都有可能再次开战。

木屋中的硝烟已经散掉了一部分，而我们很快就看到了为获胜所付出的代价。亨特躺在他的射击孔旁，昏迷不醒。乔伊斯倒在他的旁边，脑袋被子弹打穿，再也不能动了。屋子的正中间，乡绅搀扶着船长，两个人的脸色都十分苍白。

“船长受伤了。”特里劳尼先生说道。

“他们已经逃走了吗？”斯莫利特船长问。

“他们倒是都想逃走，”医生说，“但是有五个已经再也跑不了了。”

“五个！”船长大声地说，“这比我想象得好多了，五个对三个，今后就是我们四个对付他们九个[1]。这比我们开始的情况好多了，当时可是我们七个人对付他们十九个。想起那个时候，简直让人觉得糟糕透顶。”

1 海盗其实只剩下八个了，因为那个在大船甲板上被特里劳尼先生击中的海盗当晚就死了。当然了，这件事我们是在很久以后才知道的。——原注

第五部分

海上冒险

第二十二章　海上冒险的开始

叛徒们并没有再次攻打我们，丛林中也没有再传来枪声。船长认为，他们已经“得到了当天的份额”，这样我们就可以在自己的地盘里好好地花时间检查我们的伤员和准备午饭。我和乡绅决定到屋外去做饭，尽管这么做会暴露自己，但那些伤员痛苦的呻吟声，仍旧不断地传入我们耳中，让我们感到揪心。

这场战斗一共倒下了八个人，其中有三个人只是受伤还没有死——一个是在射击孔旁被击倒的海盗，另外两个是亨特和船长，但前两个人已经奄奄一息了。最终，医生用手术刀结束了那个海盗的性命。尽管我们已经尽了全力，但亨特还是没能醒过来。他呻吟着挣扎了一整天，就像那位在我家中了风的老船长一样大声地喘着气。他的肋骨被打折了，摔倒时又撞破了颅骨。最后，他在半夜不知什么时候悄无声息地离开了我们。

而船长，伤势虽然不轻，但所幸没有伤到要害，总算没有生命危险。他被乔布·安德森射穿了肩胛骨，因而肺部受了损伤，好在不是非常严重；第二枪射中了船长的小腿，也幸好只是擦伤了部分肌肉。医生说船长肯定可以康复，就是在接下来的几周内他不可以走动，也不能挥动胳膊，最好话都不要多说，如果他能做到这些的话。

我指关节上的那道口子非常轻微。利夫西医生帮我贴上了膏药，还扯了扯我的耳朵以给我安慰。

吃过午饭，乡绅和医生坐在船长身旁讨论军情。当他们觉得商定好时，时间恰巧刚过正午。医生抓起他的帽子和手枪，腰上别着弯刀，将地图塞到口袋里，扛上滑膛枪翻过北侧的围栏，很快便消失在树林里了。

格雷与我此时正坐在木屋的另一边，我们听不到领导者之间的谈话。但是利夫西医生的行为着时让人吃惊，以至于格雷将烟斗从嘴里拿出来后，竟然愣愣地忘记重新将它放入口中。

“天啊，我的戴维·琼斯海神[1]，”格雷说道，“利夫西医生是疯了吗？”

“怎么会呢，”我说，“就算是疯了，他肯定也是我们当中最后一个疯掉的人。”

“好吧，伙计，”格雷说道，“也许他并没有疯，就算是疯了，正如你所说，疯的也肯定是我。”

“我敢说，”我回答道，“医生肯定有他自己的计划。如果我没说错的话，他现在应该是去见本·冈恩了。”

后来证明，我当时的猜测完全正确。与此同时，木屋里格外闷热，正午的骄阳把院中的沙子烤得好像要着起火来似的。我的脑海中突然有了新的想法，虽然这个想法毫无道理可循。我不由得羡慕起在林中散步的医生来，走在林荫下听着小鸟的歌唱，树林里满是树木散发出的清香。再看看我，坐在这里快要被太阳烤焦了，被汗

1 又名深海阎王。传说死去水手的灵魂都由戴维·琼斯掌管，所以水手们都十分敬畏他。——译者注

弄湿的衣服黏在身上，周围还有没来得及掩埋的横尸，地上满是血迹，我打心底里既厌恶又恐惧这个鬼地方。

我一直在屋里忙着冲洗血迹和刷洗午饭时用的餐具，心里对这里的厌恶情绪不断地往外涌着，也越来越羡慕起医生来。后来，当没有人看着我时，我从面包袋里抓起干面包，塞满了我的上衣口袋，迈出了我外出计划的第一步。

也许你会说我是个傻瓜，一个彻头彻尾的蠢蛋。对此，我不会否认，的确有时我有些鲁莽和胆大妄为。但我下定决心要做什么时，我就会小心地实施自己的计划。这些面包至少能保证我在接下来的两天里不会挨饿。

然后，我拿了两把手枪。我已经有一些子弹和一筒火药了，我觉得这些装备应该足够了。

我脑中的计划，我自觉还算不赖。我想先到把落锚地和海隔开的那个海角去，寻找那天晚上我看到的那块白色岩石，再去看看本·冈恩说的那条小舟是否真的藏在那里。这件事到现在对我来讲仍是一件非常值得去试试的事。我知道大家一定不会允许我离开木屋的。我只能趁人不备偷溜出去。这么做虽然不妥，甚至让件好事看起来也变成坏事了，但我毕竟还是个孩子，既然已经决定了就不会考虑那么多。

之后的一切都非常顺利。当眼前的海岸没有一个海盗时，我的机会来了，乡绅和格雷开始帮船长换纱布。我一个箭步冲了出去，纵身翻过围栏，就钻进了树林。在他们发现之前，我已经离开了围栏，到达了听不到他们呼喊的地方。

这是我第二次采取冒失的行动了，比第一次更糟糕的是，我离开了仅有两个没有受伤的人看守的木屋。但是，与前次一样，我的这次行动又意外地救了大家。

我径直向海岛的东岸跑去，并决定沿着海角靠近海的那侧过去，以免被在落锚地的海盗们发现。虽然当时已是傍晚，可太阳还没有落山，气温仍旧很高。我在高大的树林中穿梭，前方海浪拍打着岩石的轰鸣声不断地传到我的耳中，树梢上的枝叶一直不断地沙沙作响，这说明今天的海风比往日还强烈一些。没多久，阵阵凉意迎面袭来，我又走了没几步就到达了树林边的开阔地。阳光照耀下的蓝色大海在地平线上舒展开，与海岸相连的沙滩上因为海浪的冲击滚起了许多泡沫。

我头一次看到金银岛周围的海域这么平静。阳光从头顶直射下来，周围没有一丝风，蔚蓝的海面上波平如镜，但是海岸线附近仍传来海浪翻滚的声音，波涛轰鸣，日夜涌动。我觉得在岛上的任何一个地方都能听到海岸线浪花飞涌的声音。

我沿着岸边走着，心情非常愉悦，感觉自己已经离开了南岸，便隐藏在灌木丛中谨慎地向海湾的斜坡上爬去。

我的身后是大海，面前是落锚地。海风好像已经耗尽了体力，渐渐变得温和。从南边和东南方吹过轻柔的海风，紧随而至的是大团大团的雾气。骷髅岛的下风处，铅灰色的落锚地依旧平静，与我们第一次到这里时一样。“希斯帕诺拉”号仍旧停在如镜的海面上，从桅杆到吃水线再到海盗旗，整条船都倒映在水中。

“希斯帕诺拉”号旁边停靠着一条小船，西尔弗正坐在船尾的甲板上，我一眼就看到他了。斜靠在船樯的两个人，其中一个戴着红色睡帽，正是不久前还横跨在围栏上的那个海盗。他们的神情显然是在谈笑，但是隔得太远——大概有1英里远的距离，我当然听不到他们谈话的内容。突然，传来一声令人毛骨悚然的怪叫。起初这声音把我吓坏了，很快我便想起那是名为“弗林特”的鹦鹉发出的叫声。我甚至能根据它那华丽的羽毛而辨认出它此时正端坐在主人的手腕上。

不久，划手将小船撑离大船向岸边驶去。戴红帽子的家伙和他的同伴向船舱的升降口走去。

几乎同一时间，太阳已经落到了望远镜山后面。雾气越来越浓，天色很快就变暗了。看这情形，我必须在今晚就找到小舟，事不宜迟。

白色的岩石从那片灌木丛中高耸出来，在下面大约1/8英里远的海角上。我费了不少力气才爬到那里，常常手脚并用地在灌木丛中匍匐前进。当我触摸到那块岩石时，差不多已经是夜晚了。岩壁的下方有一块长满绿色青苔的凹地，非常小，隐藏在沙堤和及膝的灌木丛中。凹地里有个山羊皮做的小帐篷，很像在英国流浪的吉卜赛人做的那种帐篷。

我跳到凹地里掀开帐篷，里面放的正是本·冈恩亲手做的小舟。这条小舟非常简陋，使用粗糙的木料做成船架，船身斜面用有毛的一面向里的羊皮包裹着船身。而且这条小舟非常小，就算对我来说也是，简直难以想象她能载得动一个成年人。船里有个坐板被安置得非常低矮，船头装有像脚踏板似的装置，船内还有一个双叶船桨。

我从没有见过我们大不列颠祖先造出来的渔船，但是我亲眼见了本·冈恩造的这条小舟。很难形容她，我只能说这是我见过的手工最粗糙的一条船，但是她却有小船所具备的最大优点——轻便。

也许你觉得我已经找到小舟了，而且擅自离开了那么久也该回去了。但我的脑海中马上又有了新的想法，而且这个想法是那么强烈，我觉得自己必须去实现它，就算是斯莫利特船长反对我也要去做。我打算趁着夜色昏暗，将小舟划到“希斯帕诺拉”号附近，偷偷砍断锚索，让她随风漂到随便一个地方去靠岸。我断定，海盗们在早上经历了惨痛的一击之后，肯定希望赶快出海离开这里。在我看来，这对于阻止他们逃跑无疑是非常有效的。而且海盗们没有给看守大船的人留下小船，这件事做起来应该也没有多大的风险。

我坐在小舟上静候天黑，同时用面包填饱了肚子。这个夜晚与我实施自己的计划配合得简直是天衣无缝。整个海岛都笼罩在浓雾中。当天边的最后一丝余晖消失时，金银岛完全陷入了黑暗。终于，我扛起了小舟踉踉跄跄地离开了那块凹地。此刻，整个落锚地只有两点光亮。

其中一处光亮是海岸上的大火堆，这是那群被打败的海盗们在岸上扎营的地方；另一处则是海上大船所在的地方，黑暗中的微光依稀可见。船头随着退却的潮水转了个方向，现在正对着我。船舱中亮着点点灯光，这其实是从船尾窗中射出的强光在雾中的散射而已。

潮水已经退去一会儿了，我只好在沙滩上走上一段。好几次我的腿都深陷泥沙之中，最终还是到达了潮水退落的海边。在水中蹚了几步后，我稍一用力就将小舟平稳地放在海面上了。

第二十三章　奔涌的潮水

在我坐上小舟之前，我有充足的理由相信以我的身高和体重，小舟载着我是绝对安全的。小舟在海中轻巧又灵便，但是很难驾驭。无论你怎么努力控制她的方向，她总是偏离自己的航线往下风口驶去，来回地打转。本·冈恩也说她“很难对付，除非你摸透了她的脾气”。

我当然对她的脾气知之甚少。她总是转到我不想去的方向，就是不往我希望的航线上走。大部分时间里，我都靠在船的侧舷，要不是潮水帮了我的忙，我敢说，我是无法抵达大船的。好运气帮了我，不管我怎么划桨，潮水都将我往下风口推去，而“希斯帕诺拉”号停泊的地方，现在恰巧就是下风口，这使我很难错过她。

最初，出现在我面的就是又黑又模糊的一团东西，渐渐地，我可以看到“希斯帕诺拉”号的桅杆和船身勾画出的轮廓了。没多久（因为我越往前走，潮水就涌得越急），当小舟来到锚索旁时，我一下子就抓住了它。

锚索紧紧地绷着，如同弓箭上的弦一般，可以想象它为了拴住大船承受了多大的力。黑暗中，细细的波浪在船身周围翻转，汩汩作响地卷起一片片的泡沫。只要我将锚索砍断，大船就会被潮水冲走。

到目前为止，一切都非常顺利。但我突然意识到，如果我将紧绷的锚索一刀砍断，“希斯帕诺拉”号便会像一匹脱缰的野马一样危险。十有八九当我愚蠢地砍断锚索时，她会像野马一样将我和我的小舟一脚踢翻。

想到这里我停了下来。要不是幸运女神一直眷顾着我，我可能必须要放弃自己的原计划了。原来从东南和南边吹过来的风，进入夜晚以后突然变成西南风了。在我犹豫不定的时候，一股风将“希斯帕诺拉”号吹进了激流中，将她高高地托起，我手中的绳索也随即松了下来。我的心一阵狂喜，尽管我的手差点儿就浸到海中了。

于是，我当机立断掏出折刀，用牙齿叼着将它打开，将绳索一股一股地割断，直到剩下最后两股绳牵制着船身。我静静地守在旁边等待着，等待海风将船身再次托起使这两股绳索再次松弛。

等待的时间里，我一直听到船上有人大声地说着什么。坦白讲，我刚才的注意力都在眼前的事上，对于船内的声音完全没有在意。但现在我已经没有什么事要做了，便开始留心船内的对话。

我听出其中一个声音是来自舵手伊斯雷尔·汉兹的，他曾经是弗林特的炮手。另一个声音无疑来自戴红色睡帽的家伙。他俩显然都喝多了，却还在喝。就在我仔细聆听的时候，其中有个人推开尾窗，大吼一声将什么东西从里面扔了出来，我估计是只空酒瓶。他们不仅已经喝得烂醉，还怒气冲冲。吵架的声音像冰雹一样猛烈，声音时不时地爆发至高潮。我以为两个人会动起手来，但是每次吵架都会渐渐平息，声音逐渐减小，最后变成嘟嘟囔囔的抱怨，然后又迎来下一次爆发，接着又会转怒为安。

我看到岸上的树丛边堆起了巨大的篝火，发出火红的亮光。有人唱着那首孤独又单调的老歌谣，每句歌词都是以下降的音调结尾的同时还伴有颤音，好像这是一首总也唱不完的歌一样，除非这个人觉得无聊才会结束它。这次航行中，我也好几次听到这首歌，里面有两句歌词是这样的：

七十五条汉子驾船出海，

只剩下一个活着回来。

在我看来，这首忧伤的歌谣太适合今天早上受到我们重创的海盗们了。但是，紧接着我就发现，每一个海盗都像冰冷的海水一样冷酷绝情。

终于又刮来了一阵风，黑暗中，大船又侧着船身向我靠近了一些。锚索再次变得松弛，我猛地用尽力气割断了最后两股绳索。

微风只是微微地推了一下小舟，我却几乎撞上了“希斯帕诺拉”号的船头。同时，大船开始慢慢地调转船身，顺着潮水头尾调了个方向。

我疯狂地划桨，生怕被大船撞翻。当发现我怎么都没法让小舟远离大船时，我便将小舟向大船的船尾划去，最终才脱离了险境。就在我划最后一下桨时，手碰到了从船尾舷那里垂下来的绳子，我猛地抓住了它。

我说不清当时为什么会抓住绳子。最开始只是出于本能，当我将绳子攥在手里的时候，顺势拉了拉，发现它非常牢固，于是勾起了我的好奇心。我决定顺着绳子爬到船舱的窗户前偷偷地看一眼。

我双手交替地拉住绳子往上爬。当我觉得已经爬得足够高时，我冒着极大的风险将半个身子探进了窗户，这样我就能看到船舱的舱顶以及舱内的一角了。

此时，大船和小舟一起顺着潮水快速地下滑。事实上，我们现在的位置已经和篝火持平了。大船发出的声音如同水手们说的那样是个大嗓门，溅起了无数的浪花哗哗地不停翻滚。直到我的目光越过窗棂，我才知道为什么放哨的人没有拉响警报。站在如此摇摆不定的船上，我只能往里匆匆一瞥，也就是这一瞥我就明白了，汉兹正和他的伙伴拼尽全力地扭打在一起，两个人都用双手死命地掐住对方的喉咙。

在我快要跌进水里之前，我重新跳回了小舟的坐板上。一时间，我眼前除了那两张因愤怒而涨红的脸以外，一切都变得模糊不清。那两个人的脸在昏暗的灯光下不停地摇晃。我使劲闭上双眼，想让它们再次适应黑暗的环境。

那没完没了的水手歌谣终于结束了。最后，篝火旁，人数变得越来越少的海盗们唱起了我再熟悉不过的那首歌谣：

十五个人抢夺着死者的金库，
呦、嗬、嗬，再加一瓶朗姆酒呦；
魔鬼和酒带走了其他人，
呦、嗬、嗬，再加一瓶朗姆酒呦……

我正默默地想着，此时在“希斯帕诺拉”号船舱里面的魔鬼和酒真的是在忙碌着，不料就被小舟的一个转弯吓了个激灵。她突然转动，使行驶的航线发生了改变，而且船速也突然加快了许多。

我赶快睁开双眼，四周是波光粼粼的海面和翻卷着浪花湍急刺耳的水流声。我的小舟还深陷在离“希斯帕诺拉”号只有几码远的旋涡中，大船也正摇摇摆摆地在调转方向。大船的桅杆在黑暗中一颤一颤的，等我再仔细看过去时，发现她也正在向南转动。

我回头一望，几乎吓得心脏都要跳出来了。篝火的火光就在我的右后方。潮水也改变了方向，向右侧流去，将大船和我那弱不禁风的小舟推着又前进了不少。水流更加湍急了，激起的浪花一浪高过一浪，发出更大的声响。潮水一路打着漩儿涌向那个狭窄的海峡口，向宽广的大海流去。

突然，大船在我面前猛地一转，差不多调转了20度。几乎与此同时，船上传来了一声接一声的叫喊。我听到从上面升降口楼梯附近传来的匆忙的脚步声，那两个酒鬼终于停止打斗，意识到大难临头了。

我放平身子躺在这条可怜的小舟底部，虔诚地将我的命运交给上帝来安排。等到了海峡的出海口时，我确信自己和小舟都会被无尽的波涛吞噬，那时候一切烦恼也都随之烟消云散。尽管我认为自己并不是那么惧怕死亡，但是我也不愿意在死亡来临前坐以待毙。

我安静地在船底躺了个把小时，不停地被海浪掀起又抛下，身体不断地被飞溅进小舟的浪花打湿，时刻担心着下一秒就要被大海夺走生命。然后，我觉得越来越疲惫，竟然在如此恐慌的情况下打起了盹儿，直到完全进入梦乡。我在这条摇摇晃晃的小舟中，还梦到了自己的家乡和“本鲍上将”。

第二十四章　小舟巡洋

我醒来后，发现自己已身处岛屿的西南方，这时已经天色大亮。太阳升得很高，但仍被高大的望远镜山挡住而无法看到。这边的山峰全是悬崖峭壁，直接与大海相连。

帆索海角与后桅山离我近在咫尺。黑黑的后桅山光秃秃的，峰顶是一处四五十英尺高的悬崖，四周围绕着崩落的岩石。我距离岸边也就不到1/4英里，于是划过去上岸是第一个从我脑袋中蹦出来的想法。

但我很快就放弃了这个想法。惊涛骇浪不断地拍打在滚落的岩石上，产生巨大的轰鸣声。激起的浪花此起彼伏，永不停歇。我猜想，如果我贸然靠近的话，不是被大浪拍死在粗糙的石壁上，就是累死在攀登悬崖的过程中。

不仅如此，我还看到许多巨型怪兽，它们的外表光滑黏腻有点儿像蜗牛。这些怪兽大概有五六十只，一些趴在平坦的岩石上，一些纵身跳入大海中，它们的吼叫声在岩石间回荡。

后来我才知道那些动物叫海狮，不会伤害人类。可在当时，我因为它们的模样而感到害怕，再加上周围险峻的环境和汹涌湍急的海浪，我打消了在此登岸的念头。我宁可在海上饿死，也不想冒险自讨苦吃。

与此同时，我想到一个更好的选择。帆索海角的北面有一块陆地，退潮以后会露出一条黄色的沙状地带。这条沙带北边有另一个海角，它在地图上被标注出来了，叫作森林海角。这块海角就连海岸线上都长满了松树。

我想起西尔弗曾经说过，在金银岛的西海岸有一条自南向北的海流。我辨别了一下自己的位置，现在应该已经处于这条海流之中。于是，我决定离开帆索海角，将体力蓄积起来，留到在看起来更容易登陆的森林海角使用。

海面上涌起巨大平稳的波浪。海风从南边徐徐吹来，与海浪的方向一致。海浪一波接着一波，平稳地起起伏伏。

如果不是这样的话，我肯定早就葬身海底了。尽管如此，我这条轻飘飘的小舟能够安然无恙地漂荡这么远，也实在是令我吃惊。我仍旧在船底躺着，眯着一只眼往船舷上方看去，经常能看到巨大的蓝色海浪高耸在我头顶上方，然后重重地压下来，使我的小舟向上一跃，就像在弹簧顶端不断地舞动，紧接着又化身为一只小鸟轻盈地滑到海浪的最低处。

渐渐地，我变得胆大起来，坐起来想试着划桨。然而，这小小的位置变动，使改变重心的小舟剧烈地摇晃起来。我刚稍微地动了一下，小舟就不再像刚才那样轻柔地舞动，而是猛地顺着浪花跌入波谷，搞得我晕头转向。接着，又一个浪头朝小舟扎下来，激起大片的浪花。

我全身都被海浪打湿了，吓得不轻，急忙回到刚才的位置躺好。

这时，小舟才恢复之前的状态，继续轻盈地载着我前进。显然她不想被我控制，当下我若无法改变她的航线，那么我将如何登岸呢？

我开始陷入恐慌中，尽管如此，我的头脑还算清醒。我先小心翼翼地用水手帽将小舟中进的水舀出去，然后再次从船舷往外看，观察小舟是如何做到平稳地在浪尖上行驶的。

我发现，每个浪都不像从岸上和大船上看起来那样，好似平缓光洁的大山。事实上，它们如同陆地上的山峰一样，既有高峰，也有丘陵和峡谷。小舟在穿越波浪时，总是选择从海浪较低的地方越过，躲开海浪的斜面和较高的浪尖。

“好，”我暗自思索着，“我必须尽量保持不动，维持好平衡。但是，当小舟漂到比较平缓的地方时，我可以伸出桨去划上两下。”打定主意后，我就用胳膊肘支撑着上身，将船桨伸出船身，用非常奇怪的姿势躺着，不时地划上两下，慢慢将船头转向海岸。

这是个非常费力又费时的工作，但我的努力没有白费，已经可以依稀地看到陆地了。当我靠近森林海角时，显然已经错过了最佳登陆地点，但我还是继续向东航行了几百码。我敢肯定自己已经非常接近陆地了。我甚至能看到绿色的树冠在微风中摇曳，我决心一定不再错过下一个海角。

这是个关键时刻，因为我已经感到口渴难耐。头顶上的太阳照耀着海面，从海面折射出万丈光芒，飞溅到我身上的海水已经被烤干，结成一块块的盐巴。我的嘴唇正被盐霜包裹着，喉咙干得好像要着火一般，头也疼得难受。望着近在眼前的树林却无法靠近，这简直让我狂躁。但随着海流将我从海角边推走，展现在我面前的新海域又让我改变了想法。

我前方不到半英里的地方，“希斯帕诺拉”号正在行驶着。当然，我知道我会被他们抓住，但是我实在太渴望喝到淡水了，所以分不清当时我究竟是高兴还是难过。正在我不知如何是好时，自己完全被眼前的景象惊呆了，张着大嘴讶异地看着这一切。

“希斯帕诺拉”号的主帆和两张三角帆全都展开了，在阳光的照耀下美得如同白雪一般，闪耀着银白色的光芒。在我发现她时，她正鼓起所有的风帆向着西北方行驶，这让我以为船上的人想要绕过小岛回到落锚地去。可她又不断地向西方转动，我以为他们发现了我，正要来抓我。最后，她的船头却朝着风眼站住了，就那么孤零零地定住，船帆不停地摇摆，看起来非常无助。

“这些蠢货，”我自言自语道，“他们一定醉得像头死猪一样。”我甚至思索着如果斯莫利特船长在的话，会怎么处置他们。

这时，大船偏转至下风的方向，急速行驶了一两分钟，然后又被风眼截住不动了。这样往返重复了好几次，忽前忽后、忽上忽下，东南西北四个方向来回冲撞，但不管怎样，最后她都恢复到原来的状态，只有风帆被吹得噼啪乱响。我这才意识到船上根本没人在掌舵。如果这样的话，人都去哪儿了呢？我猜他们不是烂醉如泥，就是已经弃船逃跑了。我想，如果我登上大船的话，有可能将她原样交到船长手中。

海流推着大船和小舟一并向南漂去。但是大船一路走走停停，航线非常混乱，每当遇到风眼都要纠缠一段时间，既不后退，也没有前进。只要我敢坐起来划桨的话，我确信能够追上她。这个充满冒险的念头鼓舞了我，而且一想到前甲板升降口旁边的淡水桶，我便立刻鼓起勇气。

一坐起来，迎接我的便是溅过来的海水。但这次我心意已决，使出全身力气小心地向着无人操纵的“希斯帕诺拉”号划去。有一次，一个巨浪扑来，迫使我不得不停止划水，手忙脚乱地将小舟里的水舀出去。但是渐渐地，我从中找到了规律，可以从容地驾着小舟在海浪间穿梭，只有偶然溅起的水沫扬到我的脸上。

我现在可以以非常快的速度接近大船了，我能看到船杆上闪闪发亮的黄铜管正碰撞出金星，甲板上一个人都没有。我只能猜测他们逃走了，或者仍然醉倒在下面的船舱里。如果真是这样的话，我倒是可以把他们锁在下面，然后大船就任由我处置了。

有那么一段时间，大船一直在和我作对——她停在那里一动不动，船头几乎一直都是向南的，当然，也会有一些偏差。每次，她稍微一偏离正南，就会有风帆鼓起，使她很快又对准了风眼。这对我来说简直太糟了，虽然“希斯帕诺拉”号看起来非常无助，但是她的船帆被风吹得轰轰作响，滑车在甲板上咕噜噜乱滚。她与我之间始终保持着距离，这不仅是由水流的速度决定的，船身所受到的风力也对此造成了很大的影响。

但是，我的机会还是出现了。有那么一会儿，风速降了下来，几乎感受不到。海流推着“希斯帕诺拉”号打转，我再次看到了船尾舱房的窗户都打开着，桌上的灯也依旧亮着。主桅杆上的帆向下垂着。如果不是海流的作用，此时船身一定像岩石一样矗立不动。

就在刚才，我几乎失去了信心，但是现在我再次向着大船奋力地追了上去。

在我距大船不到100码的时候，海风再次吹了起来。大船的左帆鼓了起来，船身像燕子一样侧身贴着海面滑行，偏离了原来的航线。

我第一反应是感到绝望，但转瞬间就欣喜若狂了。“希斯帕诺拉”号转向后，船身正慢慢地向我靠近，我们之间的距离从50码一点一点地缩短到30码，最后减短到20码。我看到海浪在船身下翻起白色的泡沫。从低矮的小舟上望向大船，我感觉她十分高大。

这时，我猛地意识到事情不妙。我没有时间多想，也来不及解救自己了。就在大船翻越这个浪峰时，我的小舟正处在下一个浪的顶端。船头的桅杆正好歪在我的头顶上方。我踩着小舟纵身一跃，一手抓住大船船头的三角桅杆，将一只脚别进转帆索和绳索的缝隙中。正当我吊在半空中喘着粗气时，一声闷响告诉我，大船将小舟撞沉了。这下，我除了留在“希斯帕诺拉”号上之外，已经没有别的退路了。

第二十五章　降下海盗旗

我刚在船头的桅杆上占据好一个位置，三角帆就砰的一声如同炮弹一般展开了风帆，随之转向了另一边。大船的船身一边震颤一边旋转。没过多久，虽然其他风帆还被风吹得鼓鼓的，但三角帆却再次垂了下来，蔫蔫地耷拉在一边。

这次震动差点儿把我甩到海里，幸好我抓准时机沿着斜桅杆爬向大船，一头翻落到甲板上。

我落在了水手舱的下风处，张开的主帆挡住了后甲板的一部分视野。我一个人影都没看到。自从叛变爆发以后，船上的地板就再也没被清洗过，到处都是脏兮兮的脚印，一只瓶口被撞碎的空酒瓶如同有生命了一般，在排水孔之间滚来滚去。

突然，“希斯帕诺拉”号又赶上了风口。我身后的三角帆呼啦狂响，船舵发出一声巨响，整个船身疯狂地抖动着，引人不快。正在这时，主帆桁转到舷内，帆脚索的滑车不停地吱吱作响，下风口后面的甲板一下子就暴露在我眼前。

那里有两个海盗，无疑是留下看船的。一个是那个戴着红色帽子的家伙，此时正直直地躺在甲板上，双臂展开摆成一个大大的十字，嘴巴大张着可以看到里面的牙齿。另一个是伊斯雷尔·汉兹，正靠着舷壁坐在那里，下巴耷拉在胸口上，双手打开平放在前面的甲板上，他晒得黝黑的脸庞此时白如纸蜡。

顷刻间，大船如同无人看管的烈马一样上下跃起，船身东倒西歪不停地颠簸，风吹鼓了风帆，帆桁左右乱摆拉扯着主帆，使之发出难听的呻吟声。不时地，还有排浪拍过舷壁，使劲地撞击着船头。可见，这艘设计精良的大船所能禁受的风浪猛烈程度，远远大于我那条被撞沉的小舟。

伴随着船身的每一次摇摆，那个戴红帽子的海盗都随之摇晃着，唯一保持不变的是他那奇特的姿势和张着大嘴的面部表情。在如此恶劣的环境下，这无疑让人毛骨悚然。同样令人害怕的是，汉兹的身体也随着船身的每一次跃起，一点点地向下滑到甲板上。他的双腿向外伸着，身体越来越接近船尾。他的脸一寸一寸地从我的视线中消失，最终只能看见一只耳朵和一撮胡子。

与此同时，我发现围绕着他们两个的地方有不少已经变黑的血迹。我逐渐意识到，他俩一定在醉酒后互相厮杀来着，才会造成现在的下场。

就在我看着他们沉思的时候，大船的船身平稳了片刻。伊斯雷尔·汉兹侧着身子发出微弱的呻吟，他慢慢转过身体恢复到之前我看到他的样子。透过他的呻吟，我能感觉出他十分痛苦。看着他低垂的下巴，我不由心生怜悯。但是，当我回忆起躲在苹果桶中偷听到的他们的谈话内容时，我对他的怜悯之情顷刻之间就消失了。

我走到主桅杆前停了下来。

“我上船了，汉兹先生。”我说话的语气中带着讽刺。

他疲惫地转了转眼珠，已经没有力气感到惊讶了。他所有的力气都汇成了一句话："白兰地。"

我谨记时间宝贵，在下一次帆桁摇摇摆摆地掠过甲板时，我一下滑到船尾顺着升降口楼梯来到了船舱。

船舱里狼藉的景象令人难以想象。他们撬开了所有的锁，估计是为了找到那张藏宝图。地板上到处沾满了厚厚的泥巴，一定是这群暴徒从沼泽营地回来后就在这里一边喝酒一边开会。船舱内涂得雪白并镶嵌着金色圆珠的墙壁上有许多黑乎乎的脏手印。船的颠簸引得几打空酒瓶此时正叮叮当当地碰出声响。医生的一本书被打开放在桌上，书的一页已经被撕去了，我想可能被拿去卷烟了。在这乱糟糟的船舱中，一盏被烟熏成棕色的灯正透出微弱的光。

我跑到船身最底部的储藏室，所有的酒桶都不见了。随处乱扔的空酒瓶数量多得惊人。显而易见的是，当海盗们叛变以后，他们几乎没有一刻是清醒的。

找了许久，我才为汉兹找到一瓶子底的白兰地，为自己找到些干面包、一些腌渍水果、一大把葡萄干和一块乳酪。我拿着这些东西回到甲板上，将自己的食物放到舵柄后面，舵手无法够到这里。我走到淡水桶前痛痛快快地喝足了淡水，才将那点儿白兰地拿给汉兹。

他至少喝了1/4品脱[1]，才将嘴从酒瓶边移开。

"啊，"他说道，"天杀的，真是想死你了！"

我这时正坐在角落里吃着自己的食物。

---

1 1品脱约为568毫升。——译者注

“伤得很重吗？”我问道。

他哼哼了两声，在我听来像狗叫一样。

“医生如果在船上的话，”他说道，“翻个身的工夫我就能好起来，但是我没那么好的运气，你看看，我现在多么惨。你看那个混蛋，他已经彻底死了。”他指着戴红帽子的海盗说，“他一点儿水手的样子都没有。还有你，你是从哪儿来的？”

“哦，”我说，“我到这里是来接管这艘船的，汉兹先生。在没有新的命令下达之前，请将我看成是你的船长。”

他酸溜溜地瞥了我一眼，但是什么都没说。他的脸上已经渐渐有了血色，但是看起来仍旧非常虚弱。他的身体随着船的颠簸不停地向下出溜。

“顺便一提，”我说，“我不能让这面旗帜继续挂着。汉兹先生，很抱歉，现在我要降下它了。就算什么旗帜都不挂也比挂着它强。”

然后，我躲开帆桁，跑到旗子的绳索旁，将那面该死的海盗旗降了下来，扔到海里去了。

“上帝保佑，国王万岁！”我挥动着手中的帽子喊道，“让西尔弗船长去死吧！”

汉兹一直小心地观察着我，眼中透着狡猾，他的下巴仍然垂在胸口。

“我看，”最后他开口说道，“我看，霍金斯船长，你现在也很想上岸去吧？我们来谈谈吧。”

“为什么不呢，”我说，“我非常同意，汉兹先生，请继续说吧。”然后我回到刚才的地方又大吃大喝起来。

“这个人，”他朝着旁边那具尸体努努嘴开始说了起来，“他叫奥布莱恩，惹人厌的爱尔兰酒鬼。这个人和我一起扬起了帆，想把船开回岸边去。现在他死了，彻底死掉了，我不知道该由谁来驾驶这艘船。但是，如果我不给你指点的话，你也没办法将这艘船开回去。这么办怎么样？你给我一些吃的喝的，然后再找个旧围巾或者手帕什么的帮我包扎下伤口。如果你同意的话，我就告诉你怎样驾驶她，这样绝对公平。”

“我想要告诉你一件事，”我说，“我并不想回到凯特船长的落锚地去。我想去北湾，将船悄悄地停在那里。”

“你的决定再好不过了，”他大叫着，“怎么说我也不是彻头彻尾的傻瓜。我懂你的意思，对，我当然明白。我已经赌过一把了，然后输了，所以现在是你说了算。北湾对吧？除此之外，我不会做出其他选择！就算你要我把船开到杜克刑场，天杀的，我也会帮你开过去的！就这么决定了！”

我觉得他说的话不无道理，于是我们达成了一致。三分钟后，我就驾着“希斯帕诺拉”号轻松地顺着风航行了。我们沿着金银岛的海岸线前进，估计在中午前就能绕过北边的那个海角。倘若在涨潮前能转回东南航线，我们就可以平安地将船停在北湾，待潮水退去以后就可以上岸了。

之后，我将舵柄系牢，回到我自己的船舱，拿出母亲给我的那条柔软的丝制手帕。我用手帕将汉兹腿上血流不止的刀口包好。他吃了一些东西，喝了好几口白兰地以后，看起来好多了。他坐直了身体，说话的声音大而清晰，好像换了个人似的。

海风十分配合我们的航行。我们乘风行驶就像鸟儿一样轻快，岸边的风景从我们眼前快速地掠过。没多久，我们就驶过了高地，从点缀着零星几棵低矮的松树旁飞快地滑过，瞬时，它们就被我们抛在身后。我们紧接着就转过了岛最北端的那座岩石山。

我非常满意自己的新头衔，可以说是扬扬自得。明媚的阳光加上两岸不停变换的美景使我如痴如醉。我现在拥有充足的淡水和美食，前面不辞而别的内疚，现在也因为这次巨大的胜利而减轻许多。我如今几乎事事顺心，除了舵手那双总是不怀好意地盯着我的眼睛。无论我处于甲板上的哪个位置，他的眼神都紧跟着我，脸上还总是带着一副皮笑肉不笑的表情。这种来自糟老头的笑容，除了透出痛苦和无奈之外，还带着一丝嘲讽以及居心叵测的意味。他的目光时时刻刻地追随着我，在我工作的时候一直盯着我。

第二十六章　伊斯雷尔·汉兹

风顺着我们的意愿转变为西风。这使我们轻易地就从岛的东北角转入了北海湾。但是，因为我们没有船锚，便不敢贸然让船靠岸，我们只能慢慢地等着涨起的海水将船带到岸边。舵手教我如何将船头迎着风向停下来，试了好几次之后我终于成功了。然后，我们又坐下来，静静地饱餐了一顿。

“船长，”吃完之后，他再次带着让人不舒服的笑容开口说话了，“我的这个老伙计奥布莱恩，我建议你将他丢下船去。我并没有因为杀了他而觉得自责，只是他的尸体在这里碍手碍脚的。你觉得呢？”

“我可没有那么大的力气，况且我也不想这么做。要我说的话，就让他待在那里吧。”我回答道。

“这是一条不祥之船，这艘‘希斯帕诺拉’号，吉姆，”他眨着眼睛继续说着，“这条船上死了太多人了。自从我们从布里斯托尔出海以来，有多少水手丧了命！我从来没像现在这么倒霉过，真的！现在又轮到了奥布莱恩，他也死了不是吗？哎，我是个目不识丁的粗人，不像你能读读写写。你说，人死后是彻底结束了，还是他的灵魂会转世投胎呢？”

“你可以杀死一个人的肉体，汉兹先生，却无法毁灭他的灵魂——这点恐怕你已经知道了。”我回答道，“奥布莱恩现在到了另外一个世界，也许正在那里看着咱俩呢。”

“哎！”他说，“这真是不幸，这么看，杀死一个人真是件浪费时间的事。不过，在我看来灵魂并不可怕。如果有机会的话，我真想再跟他打上一架，吉姆。现在你已经毫无保留地说出了你的看法，那么你能下去帮我拿瓶——该死！我想不起来它的名字了，哦，能帮我去拿瓶葡萄酒吗，吉姆？白兰地对我的头来讲太烈了。我会非常感谢你的。”

这时，舵手说这些话的时候看起来非常不自然，而且我也注意到他竟然要喝葡萄酒而不是白兰地，这使我难以相信他。整个故事只不过是想找个借口，他的目的非常简单——希望我离开甲板，但是其中的意图我却想不出来。他不敢直视我的双眼，目光不是上飘下瞥，就是看向天空或者望着死去的奥布莱恩。他的脸上自始至终堆着笑，不时地伸出舌头露出愧疚尴尬的表情，连3岁小孩都看得出他在预谋着什么。尽管如此，我仍爽快地答应了他，因为我清楚地知道自己的优势。面对这么一个笨蛋，我轻而易举地隐藏起了自己的怀疑。

“葡萄酒？”我问道，“好啊，你想要红的还是白的？”

“嗯，我觉得它们对我来说都差不多，伙计，”他回答，“只要够烈够多就可以。”

“好，”我回答说，“我去给你拿酒，汉兹先生。但是我可能要找找。”

我快速走下了升降梯，尽可能弄出声响，然后将鞋子脱下，轻声穿过圆木走廊，爬上通往前甲板的梯子，头伸出前舱的升降口。我猜他怎么也料不到我会在这里，但是我仍旧小心翼翼地以防被发现。果然，我的猜测被证实了。

他用手和膝盖撑起身子在甲板上爬行，他受伤的腿给他带来巨大的疼痛，我能听到他强忍着呻吟，不过他的速度依旧很快。不到半分钟的工夫，他已经爬到了左舷旁的排水孔，在一卷盘成堆的绳子里摸出一把长长的小刀，也可以说是一把短剑，刀刃上的血一直流到刀柄上。汉兹伸着下巴对着它审视了一会儿，用手蹭了蹭刀尖，接着匆匆将它藏到了夹克里面，然后迅速地爬回了原来的位置。

这就是我想知道的。伊斯雷尔还可以动，而且他的身上还藏着凶器，他想尽办法支开我，显然我就是他下一个想要动手的对象。接下来他是怎么打算的，是从北湾爬向沼泽穿过小岛到达他们的营地，还是鸣炮示意自己的同伴来救他，这我就不清楚了。

但有一点我能确定的是，在对待“希斯帕诺拉”号的问题上，我们是保持一致的。我们都希望她能停在一个避风安全的地方，这样在适当的时机，我们就能不用费太多力气将她开出去。在最后一步完成之前，我想自己还算是安全的。

我的脑子里在思量这些事情的同时，身体也没闲着。我偷偷溜回船舱，穿好鞋子，随便拎起一瓶酒，拿着它重新回到了甲板上。

汉兹像我刚离开时那样躺在地上，身子蜷着，眼皮低垂，好像十分虚弱，怕见光一样。当我走近他时，他抬起眼皮看了我一眼，熟练地敲碎了瓶口，说了句他最喜欢的祝酒词：“好运在此！”然后咕噜咕噜地喝了个痛快。他安静地躺了会儿，取出一条烟草，求我给他切下一小块。

“帮我切一块下来，”他说，“我没有刀，就算我有刀，也没有切的力气。哎，吉姆、吉姆，我想我快是不行了！给我切一块吧，这恐怕是我的最后一口烟了，我快要滚回老家了，我敢肯定。”

“好吧，”我说，“我会帮你切烟草的，但是如果我是你的话，觉得自己快要不行了的时候，一定会像个基督徒一样忏悔的。”

“为什么？”他说，“你说说看我为什么要那么做。”

“为什么？”我大声地叫道，“你刚才还在问我关于死亡的事。你背信弃义，满身罪恶和谎言，身上沾满了鲜血。一个被你杀死的人现在就躺在你的双脚旁，你还问我为什么！祈求上帝的宽恕吧，汉兹先生，这就是为什么。”

我一想到他的怀里正藏着一把准备用来杀死我的沾满血的匕首，就变得激动异常。他好像喝多了，回答我的语气变得非常严肃。

“三十年了，”他说着，“我在海上航行了这么多年什么事没见过，好事坏事，好运厄运，风平浪静的天气和惊涛骇浪的天气，没吃的、拼刀子，什么没有过。坦白告诉你，我就没见过好人会得到好报。我坚信先下手为强，死人才可靠。这就是我的人生哲理，阿门。就这样吧。现在，你看这里，”他突然语气一变，“我们之间这种蠢话已经说得够多的了。潮水已经涨起来了，你只要按我说的去做，霍金斯船长，我们一定能把船开到北湾去。”

我们的船需要行驶的距离已经不到2英里了，但是道路却有些复杂。北锚地的入口很窄很浅，航道忽东忽西，非常曲折，如果驾驶大船的人没有高超的技术，是无法通过这里的。我自认为是个出色的驾驶员，而汉兹无疑是个优秀的领航员。我们左闪右避，绕过很多道弯，略过许多浅滩，非常灵活地前进着，感觉心情非常舒畅。

我们的船刚驶过两个尖角，就看到了四周的陆地。北湾的海岸同南边的落锚地一样，周围长满了茂密的树木。只不过这边的海湾更加狭长，看起来更像河湾。船头朝向南边，正前方的尽头有一艘船的残骸在海上摇曳着。这是一艘很大的三桅帆船，在长久的风吹日晒雨淋下，船身挂满了滴水的海藻，甲板上已经长出了灌木，此时正盛开着艳丽的花朵。这幅景象看起来非常凄凉，但我们却可以确定，这块落锚地是平稳安全的。

“看，”汉兹说，“看那边，从那边的海岸冲船上岸再合适不过了。沙地平滑，四周无风，岸边长满了树木，那艘开着鲜花的破船看起来跟花园似的。”

“一旦船上了岸，”我问道，“我们还能再将它开走吗？”

“为什么不能？”他回答说，“当落潮时，你将一根绳子绕到岸边的大松树上，绳子的另一端系在绞盘上，然后等待潮水涨起来。等潮水涨起来能推动大船时，大家一起拉动绳子，船身就会左右摇摆。下面，孩子，你做好准备。我们已经离得很近了，船的速度太快了。向右转舵——好——稳住——再向右——往左一点儿——稳住——稳住！”

他像这样发着号施令，我小心地全部照做，直到他突然大声喊道：“现在，我的心肝，转舵迎风！”

我全力掌舵，“希斯帕诺拉”号来了个急转弯，一下子冲向长满灌木的海岸。

刚才，我一直警惕地关注着舵手的一举一动，可一连串紧张的冲滩动作使我已经无暇顾及这些，全神贯注地留意着船会不会撞到礁石上。我将头伸出右舷壁，探出身去看船头下方翻滚的浪花。要不是我的心头忽然闪过一丝不安使我猛地转过头来，我估计自己会来不及挣扎就已经命丧黄泉了。也有可能是什么声响或者是眼角的余光扫到了他的影子，又或者是像猫一样的动物本能，使我反应过来。不管怎样，我确信，当我向后望时，汉兹紧握着匕首的右手就要伸到我眼前了。

当我们的目光碰在一起时，我俩同时大叫起来。如果我是因为惊恐而叫，那么汉兹的叫声则像一头正要进攻的公牛一般愤怒。与此同时，他扑了上来，我向船头那方闪去，同时松开了握在手中的舵杆，舵杆猛地弹了回去击中了汉兹的胸部。我想这一下救了我，它把汉兹撞得不能动弹。

等汉兹回过神时，我已经逃出了被他困住的角落。我现在可以在甲板上的任何地方与他周旋了。我站在主桅前，掏出手枪。他此时已经转过身子，再次向我扑了过来。我镇定地扣动了扳机，但随着撞针的落下，既没有火光也没有声响。原来火药因为泡了海水已经无法使用了。我为自己的粗心大意而责备自己，我怎么不在此之前将所有的手枪重新装上子弹呢？如果那样的话，我就不会像现在这样无助，像只随时待人宰割的羔羊了。

汉兹尽管身受重伤，但是他的动作却敏捷得让我吃惊。他已经斑白的头发披散在脸上，因为气急败坏而变得满脸通红。我已经来不及试我的另一把手枪了，而且也没什么必要，我确信那把手枪现在也只是废铁一块。但有一点我非常清楚，我不能一味后退，这样的话他会把我逼困到船头，如同刚才在船尾的情形一样。一旦被他抓住，他手上的那把9英寸[1]也可能是10英寸的血淋淋的短剑，将会给我的生命画上

1 1英寸约为2.54厘米。——译者注

句号。我抱着粗粗的主桅杆，每一根神经都绷得紧紧的。

当汉兹发觉我想用躲闪来对付他时，他便停了下来。他假装要从一侧或另一侧扑过来抓我，我就向相反的方向闪躲。这就像我在黑岗湾老家的岩石边常做的那种游戏一样，只不过那时我的心跳可不像今天这般猛烈。就像我说的，这可不是小孩子做游戏那么简单，但我认为自己是可以对付一个腿上有伤的老水手的。实际上，我当时充满勇气，甚至有时间去偷想战斗的结局。虽然我知道自己能够周旋一段时间，但是对于绝对的胜算却没有把握。

正当我们僵持不下的时候，“希斯帕诺拉”号猛地震了一下，摇摆着冲上了浅滩，船底蹭着沙地，船身快速地向左舷倾斜，直到甲板与地面呈45度角竖立起来。此时大约有100加仑[1]的水从排水孔涌了进来，使甲板和船舷中间形成了一个水池。

我俩同时失去了平衡，一起向着排水孔滚了过去。已经死了的“红帽子”依然伸展着双臂，僵硬地同我们一起滑了过去。我与舵手之间的距离非常近，以至于我的头撞上了他的腿，差点儿磕掉了我的门牙。虽然如此，我还是第一个站起来的人，汉兹此时与死人缠在一起。船身的突然倾斜使得甲板上无处可躲。我不得不寻找新的方法逃命，而且刻不容缓，我的敌人马上就要扑过来了。就在这时，我一跃而起攀上了后桅支索的软梯，两手交替，快速往上爬，直到桅杆顶部的横桁上，才坐下来松了口气。

幸好我的身手敏捷，才能让我保住性命。我在向上爬的时候，看到一道寒光在我脚下不足半英尺的地方闪过。伊斯雷尔·汉兹正张着大嘴仰面看着我，好像一座带着沮丧表情的雕像。

---

1 1加仑约为4升。——译者注

我为自己争取到了时间，毫不犹豫地为自己的手枪重新装上了新子弹。待一把装好后，为了双重保险，我又将另一把手枪的子弹换好。

我的举动大大出乎汉兹的意料，他开始意识到目前的形势对他不利。显然经过再三考虑之后，他竟然抓住软梯，用嘴叼着匕首，拖着深重的身体缓慢地向上爬着。他忍着疼痛，拖着受伤的腿才爬上了三分之一的软梯，我的两把手枪就已经装好子弹了。我双手各持一把手枪冲着他说道："汉兹先生，如果你再往前一步的话，我就打烂你的脑袋！""你知道，死人是最可靠的。"我笑着加了一句。

他马上停了下来。从他抖动的面部表情我能看出他此时正在思考对策。这过程太过漫长，我仗着自己处在安全的位置，大声地嘲笑起他来。终于，他咽了咽唾沫，脸上仍然是一副困惑的表情。为了方便说话，他将短剑从嘴里拿下来握在手中，身体的姿势保持不变。

"吉姆，"他说道，"我们两个人都搞了不少小把戏。这样，不如让我们订个协议吧。要不是因为船身歪了，此时你早就一命呜呼了。我确实运气不好，真的，我只好认输了。你要知道，让一个经验老到的水手向你这个初次登船的小子认输是多么难的一件事啊，吉姆。"

我被他的阿谀奉承捧得飘飘然起来，像只飞上高墙的公鸡一样骄傲。就在下一瞬间，他的右手向后一挥，什么东西从空中嗖地飞了过来。我感觉自己被刀子戳中了，伴随一阵剧痛，我的肩膀被钉在了桅杆上。处在极度痛苦和惊讶中的我不知道是不是意识所为，但我确定自己并没有特意去瞄准，我的两把手枪一齐射出了子弹并且双双掉了下去。同时响起的还有卡在喉咙里的一声惨叫，舵手松开了抓着软梯的手，一头栽进了大海。

第二十七章 “八个里亚尔”

因为船身是倾斜的，所以桅杆贴着水面伸向很远的地方。我坐在桅杆的横桁向下看，只能看到下面的一小片海水。汉兹刚才并没有爬多高，所以跌落的地方离船身很近，就在我和舷壁之间的水域中。他从被鲜血染红的水沫中浮起了一次，随后就永远地沉下去了。待水面再次平静以后，我看到他的身体蜷在船身的阴影中，躺在一片洁白的沙子上。一两条鱼游过他的身旁，水微微地晃动着，使他看起来好像移动了似的。不管怎样，他被枪击中了又掉到海里溺了水，必死无疑。他原本打算在这里杀死我，却没想到自己倒成了鱼儿的食物。

我刚一确定他的死亡，就觉得一阵恶心，头晕目眩又感到恐惧。热血沿着我的前胸和后背往下流淌。将我戳在桅杆上的短剑像烙铁似的烤得我生疼。但这些皮肉之苦并不是我真正感到害怕的原因，我大可以不出一声地忍受这种身体上的痛苦。我现在最怕的是我会从桅顶横桁上摔下去，掉进碧波之中死在舵手的身旁。

我双手用力抓住横桁，弄得指甲生疼。我闭起眼睛，想要忘却眼前可能发生的危险。等我渐渐恢复神志，心情也平复下来后，我的自制力再次战胜了恐惧。

我最先想到的是拔出身上的短剑。也许因为它插得太深，要么就是我有些力不从心，我打了个寒战就作罢了。奇特的是，这个寒战却帮了我。原来那把短剑差一点儿就与我擦肩而过，事实上它只钉上了我的一层皮，这个寒战使我将这层皮扯了下来。虽然血比之前流得更快更多了，但是我重新获得了自由，钉在桅杆上的只剩下我的衬衫和外套。

我猛地将衣服从桅杆上扯了下来。沿着右舷软梯退到了甲板上。我受到了惊吓，浑身颤抖，怎么也不敢沿着船外的软梯爬下去了，因为伊斯雷尔刚刚就是从那里跌入大海的。

我回到船舱里想办法包扎了伤口。肩膀依旧很痛，血也在不断地流着，幸好伤口并不算深，也没有刺到要害，胳膊还能运动自如。然后，我向四周望了望，从某种意义上来讲，这艘船现在是属于我的了。于是，我开始思考如何清理掉船上最后一名乘客——死去的奥布莱恩。

像我之前说过的那样，奥布莱恩现在滚到了舷壁旁，像个丑陋可怕的木偶一样躺着。虽然这个木偶身材和真人同等大小，但是脸上却没有血色，看上去也了无生机。他现在这个样子很容易处理，加上我对悲惨痛苦的经历也已经习以为常，面对死人也不会太过恐惧。我拦腰将他扛起，像丢一袋麸皮一样将他举起来扔到了船外。他扑通一声落入水中，头上的红帽子掉下来，漂在水面上。很快水面又恢复了先前的平静，我看到他与伊斯雷尔并排躺在一起，随着水波微微晃动。奥布莱恩虽然还很年轻，但是头顶已经非常秃了。他的头躺在杀死他的那个人的膝盖上，许多鱼儿在他俩的身旁飞快地游弋着。

现在，船上只有我一个人了。潮水刚开始回转，太阳就快要落下，西海岸松林的倒影慢慢地向我们靠过来，最终投在甲板上。阵阵晚风袭来，尽管有东边的双峰挡着，船上的索具仍旧像唱歌一样发出吱吱呀呀的声音，闲着的风帆也开始啪啪作响。

我开始意识到大船正面临着危险，于是我迅速地将三角帆降下，扔到甲板上，但是对于主帆却束手无策。船身倾斜时，主帆的下桁伸到了船外，桅杆顶端和2英尺左右的帆面向下垂到海里，这无疑又增添更多的危险。加上帆面拉得太紧，我不敢贸然行动。最后，我掏出刀子将帆索割断。桁端的帆角一下就落到了水里，大片松弛的帆面漂在海面上。我用尽全力拉动帆索，它仍然纹丝不动，我的努力也只能到这儿了。“希斯帕诺拉”号接下来的命运与我一样，只能听从上帝的安排了。

此时，整个新落锚地都笼罩在薄暮之中，我还记得当最后一束斜阳透过林间洒在开满鲜花的船骸上时，那里璀璨得如同宝石一般。温度很快就降了下来，潮水退回了大海，船尾越来越倾斜。

我爬到船头上向外舷看。水位已经很浅了，为了安全起见我双手抓着断了的锚索，轻轻地翻到船外。水仅没过我的腰，在起伏的波浪之下是平坦的沙地。我意气风发地登上了海岸，将展着主帆歪倒在岸边的“希斯帕诺拉”号丢在了沙滩上。就在这时，太阳几乎完全落山了，晚风拂过，吹得松林沙沙沙地摇曳起来。

至少，最后我还是离开大海回到了岸上，并且不是空手而归。船上的海盗也已经全部扫清了，随时可以载着我们的人重新返航。我恨不得马上回到围栏去吹嘘自己的丰功伟绩。我虽然会因为擅自离开而受到指责，但是重新夺回了“希斯帕诺拉”号是最有力的辩解。我觉得就算是斯莫利特船长也会觉得我的出走并不是浪费时间。

我心里这样想着，心情越来越好，向着围栏和我的同伴们走去。我记得东边的河流就是自左侧的双峰山流向落锚地的，于是我转身向那里走去，想从河的源头那里蹚过小河。这里树林开阔，沿着低缓的斜坡走过去，不久就绕过了山脚。然后，我从仅没过小腿一半的水中蹚过了小河。

过了小河以后，我离遇到本·冈恩的荒滩已经非常近了。每走一步我都小心翼翼，留意着四周的动静。天已经全黑了，当我从双峰之间的洼地走过时，我看到天空中映出篝火摇曳的亮光，我猜一定是本·冈恩烧起熊熊篝火在做饭。紧接着我又十分疑惑，他不会这么冒失的，如果我都能看到这里的火光，那么在沼泽地扎营的西尔弗怎么会看不到呢?

随着夜色越来越深，我只能大致辨别出前进的方向。我身后的双峰山和右手边的望远镜山变得越来越模糊，天上稀少的星星发出微弱的光。我在低地上行进时，常常被灌木绊倒，滚到沙坑里去。

突然，一束亮光照在了我的身上。我抬起头看到苍白的光芒正照耀着望远镜山的顶峰。然后，一个像大银盘似的东西从树林后很低的地方慢慢升了起来，原来是月亮出来了。

在月光的协助下，我飞快地在剩下的路上奔走。我连跑带走，迫切地想要回到围栏去。不过，当我走到围栏外的树林时，我便收起自己冒失的行为。我放缓了脚步小心地前进着。如果我被自己人当成敌人误伤的话，我的冒险生涯就要以悲剧来结尾了，这就得不偿失了。

月亮越升越高，在树木稀疏的地方到处洒满清冷的月光。我正前方的树林却映射出与月光不同的光亮。那光亮发出炙热的火红色，由强变暗，好像是篝火熄灭前冒着烟的样子。

这究竟是什么情况，我百思不得其解。

我终于走到了围栏与林子之间的那块空地。西边的空地已经完全沐浴在月光下，但是其他地方，包括木屋都处在昏暗的阴影中，倒也被银色的月光分隔成一格一格深浅不同的色块。木屋的另一边，已经烧完的一大堆火只剩下灰烬，透出通红的光与温柔洁白的月光形成强烈的对比。这里听不到一点儿人声或是别的什么声音，除了风声还是风声。

我站在那里，心中充满疑惑，还带有一丝害怕，我们的人是不可能点这么大的火的。事实上，船长一直严格地控制着柴火的用量。我开始担心，我不在的时候是不是发生了什么不好的事情。

我偷偷溜到了东边，紧贴着阴影，选了一块最黑、最保险的地方翻过了围栏。

为了安全起见，我趴在地上，静悄悄地匍匐着向木屋的一角爬去。当我靠近木屋的时候，心中的不安一下子消失了。木屋里传来的并不是什么令人愉悦的声音，而且从前我还常常因此而感到困扰，但是现在听到同伴们熟睡后发出的响亮而安稳的打鼾声，就如同听到人世间最美的乐曲一般。出海时，守夜人那句"事事平安"也不如现在的鼾声让人安心。

但是此时，有一点是毋庸置疑的，他们的夜间放哨也太松懈了。如果西尔弗和他的同伙现在来偷袭的话，屋里不会有一个人能活到天明。我想这一定是因为船长受了伤才导致的，我不禁深深地自责起来，不应该擅自离开他们，因为缺少放哨的人手使他们陷入危险之中。

我爬到门口后站了起来。屋内黑乎乎的一片，我什么都看不清楚。除了打鼾的声音，屋里还有轻微的窸窸窣窣声，好像是什么东西扇动羽毛或是啄食的声音，但这是我感到非常陌生并且无从知晓的声音。

我伸手向前摸索着走进了木屋，想要躺在自己之前的床上（想到这儿时，我心中暗自高兴）。等他们第二天一早看到我时，他们脸上讶异的表情足够我看上一阵了。

我的脚碰到个软乎乎的东西，应该是某个睡着的人的腿。他翻身嘟哝了一句，并没有醒。

突然，一个尖锐的声音在黑暗中惊叫起来。

“八个里亚尔！八个里亚尔！八个里亚尔！八个里亚尔！”这声音不断地重复着，没有停的意思，声调也没有任何变化，像个小风车一样转个没完没了。

西尔弗的绿鹦鹉——弗林特！原来我刚刚听到啄东西的声音就是它。它放哨的话比任何人都更加可靠。它用自己不断重复的惊叫作为警报，向大家宣告着我的到来。

我甚至都没时间掩饰自己的不安。在鹦鹉的尖叫声中，睡着的人全被惊醒了，一个个跳了起来，同时我听到西尔弗带着咒骂说道：

“什么人？”

我转身想跑，却猛地撞到了一个人的身上被弹了回去，然后倒在了另一个人的怀里，那人顺势紧紧抓住了我。

“快拿火把来，迪克。”西尔弗吩咐道。这时我已经无处可逃了。

有人走出屋子，很快拿着一支点着的火把走了进来。

第六部分

西尔弗船长

第二十八章　身陷敌营

红彤彤的火把照亮了整间小屋，我所担心的最坏的情况还是发生了。海盗们抢占了小屋和储备的物资：整桶的白兰地、猪肉和干面包都原封不动地放着，但是屋内却看不到有俘虏的踪影。我只能认定他们全都被杀死了，我被自己的良心深深地谴责着，因为在他们遇难的时候我没能与他们同生共死。

屋子里一共有六个海盗，看来之前被乡绅打中的那个人已经死掉了。五个海盗对于我将他们在醉酒后的睡梦中惊醒，都感到非常气愤，满脸通红地站在那里。第六个海盗只能用胳膊撑起身体，他的脸看上去是土灰色的，头上缠着的渗出血的绷带还很新，他一定是最近才受的伤。我想起那天他们向围栏发起进攻的时候，有个海盗中了枪逃跑了，那个人一定就是他。

鹦鹉站在长腿约翰的肩膀上，正用嘴梳理着羽毛。西尔弗的脸色看起来比平时还要苍白阴郁。他的身上仍旧穿着上次来谈判时的那身做工考究的制服，但是现在他的气势已经弱了很多，制服上蹭了很多泥土，有的地方还被树枝剐破了。

“哟，”西尔弗说，“原来是吉姆·霍金斯，欢迎你的光临！

非常好！你是来做客的吗？欢迎欢迎！”

说罢，他坐在了白兰地酒桶上，开始往烟斗里装烟草。

“迪克，火把给我。”他边说边点着了烟斗。“好了，伙计，”他接着说道，“火把插在柴堆上吧。各位，大家都放轻松些，不用都干站着，霍金斯先生不会介意你们坐下的，这个尽管放心。我说，吉姆，”他使劲地吸了口烟接着说，“你到这里来，可真是让可怜的老约翰喜出望外啊。我第一次看到你就知道你是个机灵的小伙子，但现在你到这里来，我就真的有点儿想不明白是为什么了。”

对于西尔弗提出的问题，我跟大家想的一样，觉得还是不要回答比较好。我被他们逼到墙边，靠墙而站。我看着西尔弗的脸，表面不动声色，其实心里怕得要死。

西尔弗又吸了几口烟，然后接着往下说。

“吉姆，你看，既然你人都来了，”他说，“那么我就跟你谈谈我的想法吧。我一直都很喜欢你，因为你的机灵劲跟我年轻时一模一样。我一直都希望你能加入我们，当然财宝也有你的一份，让你一辈子不愁吃喝。现在，你这只骄傲的小公鸡，终究还是来了。斯莫利特船长是个优秀的航海家，我一直这么认为，但是他太墨守成规了，每天就会说些‘尽职尽责，好好工作’之类的话。尽管他说得没错，不过你还是丢下船长，一个人溜出来了。医生对此非常气愤，骂你是个‘忘恩负义的狗东西’。总之，你是回不去他们那边了，他们已经不可能接受你了。你要么自己单干，要么就只能加入我西尔弗船长的麾下了。”

这话听起来还不错，至少我的朋友们还都活着。虽然西尔弗的话我只相信一部分，但是听到他说医生对于我的出走十分气愤，我不免心中十分难过，却又宽慰了许多。

“你现在在我们手上，这点我不用多说，”西尔弗接着说道，“你现在人就在这里，心里应该也明白。我是个讲理的人，不会逼迫你加入我们。假如你愿意加入我们一伙，那最好；假如你不愿意加入我们，吉姆，你大可以拒绝我，不用顾忌什么。没有一个真正的水手能讲出比我现在更公道的话了，如果有的话就让我不得好死！”

“我必须对此做出回答吗？”我说话的时候声音直颤。他的这番带有嘲讽意味的话，句句都让我觉得背后的意思就是要置我于死地。我的双脸发热，心脏狂跳。

“孩子，”西尔弗说，“没有人逼迫你，不过你应该好好想想自己现在的处境。我们也不会催你，孩子，我们在一起共度的时光总是令人愉快的。”

“好，”我说道，胆子也逐渐大了起来，“如果让我选的话，我要说，首先你得让我知道发生了什么事，你们为什么会在这里，我的朋友们都去哪儿了？”

“发生了什么事？”一个海盗嘟嘟囔囔地低声念叨着，“鬼知道发生了什么事！”

“没人问你，你还是闭上你的臭嘴吧，伙计！”西尔弗狠狠地冲着说话的人吼道，然后他继续用先前那种温和的口气对我说道，“昨天一早，霍金斯先生，利夫西医生就打着白旗到我们的营地来。他说，西尔弗船长，你们被出卖了。船被开走了。没错，在我们喝着酒唱着歌的时候，他们把船开走了。这是事实，但我们并没有发现。我们跑过去看的时候，船确实不见了！我没见过比这群人更傻的蠢货，请相信我的话，真的没有比他们更蠢的人了。医生说：‘我们来谈谈吧。’于是，我们谈好了和解的条件。我们得到了所有的这些，补给品、木屋和白兰地，还有你们辛辛苦苦拾来的柴火。所有这些相当于一整艘船，从桅杆到船身头。而他们离开这里以后，就不知去向了。”

他悠哉地又吸了几口烟。

“为了不让你胡思乱想，”他接着说道，“讲和时他也提到了你。那几句话是这么说的。我问：‘你们一共有几个人离开？’他说：‘四个人，其中有个人受了伤。但是那个孩子已经不知去向，我们管不了那么多，提到他就让我们气愤。’医生当时就是这么说的。”

“只有这些吗？”我问。

“能让你知道的就这些了，我的孩子。”西尔弗回答。

“我现在就要做出选择，是吗？”

“是的，必须现在选择，你应该相信我。”西尔弗说道。

“好。”我说，“我不是个傻瓜，没有蠢到不知道选择走哪条路。我不在乎你们怎么处置我。自从认识你们以后，我看到过不少丢掉性命的例子了。有几件事我想要告诉你们，”我说话的时候十分激动，“第一，你们现在的处境并不好，船不见了，财宝没有找到，人也失踪了，你们的一切都糟透了。但是，假若你们想要知道是谁造成的这一切，我会告诉你们，就是我！我在登陆的前夜，躲在苹果桶里听到了你——约翰，同你——迪克·约翰逊，还有已经沉到海底的汉兹的对话。不到一小时，我就将全部的谈话内容告诉了船长。第二，‘希斯帕诺拉’号之所以消失，也是因为我割断了锚索，杀死了船上的看守，将船开到了你们看不到的地方藏了起来。我才要嘲笑你们，从一开始就是我占了上风，你们在我眼中就像只苍蝇一样。是杀了我还是放了我随你们的便，在此我只想说一句，有一天你们因为当过海盗而受到审判时，我会尽力帮你们求情保住性命的。现在是你们选择的时候了，是多杀一个人——这对你们来说并没什么好处，还是放了我，留作日后帮助你们免受绞刑之苦。”

说这番话的时候，我因为激动而上气不接下气，所以我停下来调整着呼吸。令我吃惊的是，没有一个人起身，大家都像绵羊一样温顺地坐在那里看着我。在他们还没有回答的空当，我又继续说了起来。

“西尔弗先生，”我说道，“我确信在这所有人里你是最聪明的一个。万一我真的发生什么不幸，希望你能让医生先生知道我是怎么死的。”

“我一定会记得的。”西尔弗说。他当时的语气很奇怪，我想这辈子我都搞不懂其中的意思，他是在嘲笑我的请求，还是真的被我的勇气打动了。

“我再加一条你干的好事！”一个脸色如同红木的老水手说道，他是摩根，我在长腿约翰开在布里斯托尔码头的酒店里见过他，“就是他认出了黑狗。”

“对了，还有一件事，”伙夫也添了一句，“我也要再加一条，就是这小子从比尔·博恩斯那里拿走了藏宝图。总之，所有的一切都坏在吉姆·霍金斯这小子手里。”

“那就杀了他！”摩根凶狠地说道。

他跳起来抽出了刀，行为像个二十多岁的小伙子一般冲动。

“站住！”西尔弗喝住他，“你算老几，汤姆·摩根。你以为自己是船长吗？我倒要好好地教训你！让你知道我真正的厉害！和我作对，我就把你送到前面死掉的那些人身边去。三十多年来，但凡与我作对的人，不是被吊在了帆桁上，就是被扔进海里喂鱼了。没人敢跟我耍心眼，否则他是不会有好日子过的。汤姆·摩根，咱们可以走着瞧！”

摩根马上就老实了，但是别的人却低声地念叨着，蠢蠢欲动。

“汤姆说得对。”一个人说道。

“我受够了任人摆布。”另一个人接着说道，“再被你牵着鼻子走的话，西尔弗，我宁愿被绞死。”

“你们还有什么要对我说的？”西尔弗吼道，上身从酒桶上向前探着，右手拿着未熄灭的烟斗，“想说什么就尽管说吧，别再躲躲闪闪的。我活了这么大岁数，可不会让个酒囊饭袋在我面前耍威风。你们应该明白自己都是‘冒险先生’，得守这行的规矩。我准备好了，有本事就把刀子亮出来，我们比画比画！别看我只有一条腿，一袋烟的工夫我就能让你白刀子进去红刀子出来！”

没有一个人敢动或者吱一声。

“你们可真够有出息的，是吧？”他又说道，同时重新把烟斗叼在了嘴里，“看看你们的臭德行，没有一个敢站出来的。我想你们都听得懂英语吧。我是大家推选出来的船长，因为我比你们都强。既然你们不愿意像‘冒险先生’一样跟我搏斗，那么就听我的话，按我说的去做！我喜欢这孩子，我从没见过这么机灵的孩子，他比你们中的任何两个加起来还更像个男子汉。我倒要看看谁敢动他一下，否则别怪我对你们不客气，不信就试试！”

然后是很长一段时间的沉默。我靠在墙边站直了身体，心里依旧狂跳不已，但是心头还是闪过一丝希望。西尔弗双手抱在胸前坐着，烟斗叼在口中，如同在教堂里一样平静。他的两只眼睛转个不停，用余光盯着那些不听话的家伙。海盗们退到木屋的另一边，凑在一起交头接耳地说着什么，他们压低的谈话声不断地传到我的耳朵里。他们不时地转过头看着我们，那时火红的光亮映在他们的脸上，可以看出他们的不安。但是他们的目光并没有落在我身上，而是始终望向西尔弗。

“你们好像有很多话要说，”西尔弗边说边向着远处啐了一口，“说来听听，要不就闭上嘴巴！”

“恕我冒昧，先生，”一个海盗回应道，“你经常违背这一行的规矩，还是请你注意一下行规比较好，大家对此表示过不满。我们并不像你想的那么懦弱，我们理应拥有和其他水手一样的权利——我这么说并不过分。对于你自己订下的规矩，我想我们应该谈谈。请求你的原谅，因为你现在还是我们的船长，先生。但是我们也要行使我们的权利，大家要去外面商量一下。”

这个大高个有一对黄眼珠，长得很丑，看起来三十四五岁的样子，向西尔弗行了一个标准的水手礼后转身走到外面。其他人也跟着他走出了屋子，每个人走过西尔弗身边时都向他敬一个礼。“照规矩办事。”有人说道。“水手们要开个会。”摩根说。他们就这样你一言我一句地走到了外面，屋里只剩下我和西尔弗。

随船伙夫将烟斗从嘴里拿了出来。

“你看现在，吉姆·霍金斯，”他压低声音，用只有我一个人能听到的音量低声对我说着，“你的生命正面临威胁，很可能会吃苦头，让你痛不欲生。他们想要反抗我。但是，你能看到我一直在努力保护你。开始我并没有意识到这些，是你的话提醒了我。我什么都没得到，将来还可能被绞死。你说的是正确的。于是我在心里对自己说着：为霍金斯主持公道吧，将来霍金斯也会帮助你的。你是唯一可以帮我的人，正如将来我也是唯一可以帮你的人一样。我们要帮助彼此。我就说吧，如果你救下这个证人，将来他一定会挽救你的性命的。”

我渐渐了解了他的意思。

“你是说，你丢掉了一切？”我问道。

“是的，老天爷，一无所有了！”他回答说，“船不见了，脑袋也快要丢了，就是这样。当我看到船从海湾消失的时候，吉姆·霍金斯，我就知道一切都完了。虽然我并不认命，但是那些酒囊饭袋，你要知道，他们既愚蠢又胆小。我会尽自己的努力救你的。现在一切你都看到了，吉姆，将来老约翰需要你帮助的时候，你可一定不能视而不见啊！”

我简直不敢相信这一切，一个海盗头子连看起来这么希望渺茫的事都计划到了。

“我能做到的，一定尽力去做！”我保证道。

“就这么说定了！”长腿约翰高兴地说道，“你真像个男子汉！老天爷，我有机会活下去了！”

他瘸着走到柴堆旁的火把前，重新点燃了烟斗。

“相信我，吉姆，”他走回来后说道，“我可是有脑子的。我现在站在乡绅那边。我知道你已经把船开到安全的地方去了，虽然我并不知道你是如何做到的，但我相信它现在一定非常安全。汉兹和奥布莱恩的尸体想必已经泡烂了吧，我一直不信任他们。你记住了，我什么都不会问你的，我也不喜欢别人问我问题。我知道游戏已经结束了，我也知道你是个可靠的小伙子！哎，你还这么年轻，我们在一起一定能干一番大事业的！”

他从酒桶里倒了些白兰地。

“你要不要也喝点儿，伙计？”他问我，我谢绝了。“那我就自己来一口吧，吉姆。”他说，“我需要给自己提提神，后面还一堆麻烦事呢。说起这个，我倒是要问问你了，吉姆，医生把藏宝图给我了，你知道是为什么吗？”

我脸上露出惊讶的表情，很明显不是装出来的，他便明白不用继续问下去了。

“千真万确，他把图给我了，”他说，“毫无疑问，这里面一定有问题。吉姆，我不确定这是好事还是坏事。”

他又喝了一口白兰地，摇了摇他的大脑袋，似乎已经预想到后面的祸事了。

第二十九章　又见黑券

海盗们商讨了很久，才派一个人回到了屋里。这个人又向西尔弗行了个礼，这在我看来颇具讽刺。他说他们要借火把一用。西尔弗痛快地同意了，然后这个使者走了出去，黑暗中只留下我们两个人。

“风暴就要来临，吉姆。”西尔弗这次说话的语气既和善又亲近。

我走到最近的一个射击孔往外看。那堆篝火都快燃尽了，只有烧剩的灰烬散发着微弱的光，我这才明白这些密谋的人为什么要借这个火把。他们在木屋和围栏之间的斜坡上聚拢着，一个人手里举着火把，另一个跪在几个人的中间。我看到一把刀子被拔了出来，月光和火把的光映在上面，不停地变换着颜色，其他人身子前倾看着他的动作。我勉强看到他的手里除了刀之外，还拿着一本书。我非常疑惑这些东西为什么会被放在一起。此时，跪着的人刚好从地上站了起来，所有人一起向木屋走来。

“他们过来了。”说着我又回到了原来的位置。如果让他们发现我在偷看的话，我觉得有失体面。

“好，让他们来，孩子，让他们来吧。”西尔弗轻松地说，“我还留了一手用来对付他们。”

门打开了，五个人进到屋子中挤在一起，其中一个人被大家向前一推。这个人慢慢地向前走着，好像每跨一步都要想好久似的。如果在别的场合看到一个人这样，你一定会觉得很可笑。他紧攥着右手，每走一步都要犹豫再三。

“近点儿，伙计，”西尔弗说，“我又不会吃了你，傻大个。我知道这行的规矩，我不会伤害一个使者的。”

西尔弗的这番话给了海盗鼓舞，海盗的步伐也变得轻盈起来。他将手里的东西放到西尔弗手中后，马上溜回到同伴中去。

这位随船的伙夫看了看手里的东西。

“黑券！我猜得果然没错，”他说，“不过你们的纸是哪里弄来的？天啊！老天爷，瞧瞧你们，要完蛋了！你们闯了大祸！你们竟然蠢到从《圣经》上撕纸！是哪个混蛋出的馊主意？”

“哦，看吧！”摩根说，“看！我说过什么？没有好下场的，我说过吧。”

“这就是你们集体商量的结果吧？”西尔弗说，“你们最后估计都得被绞死。《圣经》是哪个倒霉蛋的？”

“迪克的。”有人答道。

“迪克，是你的？那迪克可要好好祷告了。”西尔弗说道，“迪克的好运算是到头了，不信你们走着瞧，没人会对此怀疑的。”

但是这时，那个黄眼珠的大个子突然插话进来。

“收起你唬人的鬼话吧，约翰·西尔弗，”他说，“大伙讨论的结果就是把黑券给你。你赶快照着老规矩把它翻过来看看吧，然后看你还有什么想说的。”

“谢谢！乔治，”伙夫回答道，“你办事一向不拖泥带水，看到你一直记着我们的规矩，乔治，我非常欣慰。那么，背后写的是什么呢？啊！‘免职’——就这个？非常漂亮的字，千真万确，就像印刷出来的一样得体，我发誓我的话都出自真心。乔治，这是你写的吧？你在这伙人中可真是出类拔萃了。你会成为下一任船长，我一点儿都不吃惊。把火借给我用用好吗？我的烟斗吸起来有点儿不畅快。”

“哦，行了，”乔治说，“别再把我们当傻子了。谁都知道你是个爱耍花招的人。但是你现在完了，你最好从酒桶上下来，让大家投票选出新船长。”

“我还以为你真的守规矩呢，”西尔弗轻蔑地回敬道，“如果你不懂规矩的话，我懂。我现在还在这儿呢，你们有什么不满都说出来，让我一一回答你们。这当口，黑券连块点心都不如。这之后，我们再慢慢走着瞧。”

“哦，”乔治回答说，“你不用对我们有过多的担心，我们都在做应当做的事。第一，整个计划都被你搞砸了，你要是说你什么都没干，那就太违心了。第二，你让敌人从我们的圈套中撤离。至于他们为什么要走，我并不知道，但似乎正如他们所愿。第三，你不让我们对他们发起追击。哎，我们算是看清你了，约翰·西尔弗，你这是想两边占便宜，这就是你犯下的错误。还有，第四点，你一直袒护这小子。”

“只有这些？”西尔弗冷静地问道。

“这就足够了!”乔治反驳道，“因为你的不仁不义，我们最后都会落得被绞死的下场，然后被晒成鱼干。”

“好吧，现在，看着我，我来一一回答这四个问题。你说是我搞砸了全盘计划，对吗？你们知道我希望事情的结果是什么样的吗？你们都知道，要是这事成了，我们会像以前一样回到船上，没人死掉，大家都健健康康的，船上载满金银财宝！唉，可是谁坏了咱们的好事？是谁逼着我免职，当自己是真正的船长？是谁在登陆的当天就把黑券塞到了我的手里，然后开始策划现在的戏码？哈，真是场好戏——看起来就和伦敦郊外正法码头上演的海盗的脖子被套上绞刑绳的把戏一模一样。是谁干的好事？哦，是安德森、汉兹，还有你，乔治·麦里！这帮惹是生非的家伙中，最应该去死的就是你！你如同海神戴维·琼斯一样目中无人，还想推翻我，自己当船长！这简直比天方夜谭还荒唐离奇！”

西尔弗停顿了一下，我看出他的这番话没有白说，乔治和他同伙的脸色都发生了改变。

“这是第一条的回应！”被指控的西尔弗大声说道，擦了擦额头冒出的汗。他的声音大得震得屋子直颤。“哼！告诉你们吧，你们这么不明事理，我简直懒得跟你们说话。你们不仅没脑子也没记性，真不明白你们的爹妈怎么会把你们送来做水手，这可是靠运气过活的营生。你们这样也就勉强当个裁缝。”

“继续，约翰，”摩根说道，“其他几条呢？”

“啊，其他几条？”约翰回应道，“罪状还真不少，是吧？你们说整个计划都乱套了。啊，我对天发誓，如果你们看到事情发展的经过就懂了！咱们现在离绞刑架是多么的近啊，一想到这些我的脖子就变得僵硬。你们可能见过那场面，死人被锁链铐着吊在空中，鸟儿在四周盘旋，赶着出海的水手指指点点地问着：‘那是谁？’别的人会告诉他说：‘那个人，嘿，是约翰·西尔弗。我跟他可熟得很呢。’直到船到达下一个浮标的时候，还依旧能听到锁链随尸体被风吹得荡起来的声音。哎，那就是咱们最后的下场啊！大家都是娘生爹养的，我们落得如此下场多亏了乔治·麦里，还有汉兹、安德森和你们中的那些调皮捣蛋的蠢货。至于第四条解释，听我说，这个男孩难道不是个恰当的人质吗？我们为什么不好好地利用他呢？不，不仅如此，他可能是我们最后的机会，我看很有可能是这样。干掉那个男孩？伙计们，我可不同意！第三条，还有第三条是吧？嗯？这第三条可真得好好说说。一位真正从医学院毕业的医师，每天都来巡医这件事，有点儿良心的人都不会忘了吧。你，约翰，脑袋可是开了瓢；还有你，乔治·麦里，六小时前你的痢疾还在发作，直到现在你的眼珠子还跟橘子皮那么黄。况且，你们可能无从知晓，接应他们的船只现在可能正向这里驶来吧？这可是千真万确的，而且用不了多久就会到达，到时候你们就知道这个男孩的用处了。再说说第二条，为什么我会同意这笔交易，当时明明是你们跪着求我，要我答应他们的。当时你们无精打采的，如果没有这笔交易的话，就快要饿死了。这些还都不算什么！你们往这里看——这才是最关键的原因！”

说着，他将一张纸扔在了地上。我立刻认出那张泛黄的纸，上面还标着三个红色的叉子，它正是我在比尔·博恩斯的箱子里发现的用油布包裹着的藏宝图。我实在想不明白，医生为什么要将这张图交给他们。

如果说这件事让我疑惑的话，那些反叛者看到藏宝图的表情更加让人难以置信。他们就像是饿猫看到老鼠一样扑了上去。那张图在他们之间不断地争抢，东拉西扯的。他们叫骂着、大喊着，还发出孩子般的笑声，让你以为他们已经拿到了金银财宝，而且已经将船装好准备返航了。

“没错，”一个人说道，“这就是弗林特的藏宝图。‘杰·弗’，下面还有一条线和丁香花，他就是这么签名的。”

“拿到了地图当然再好不过，”乔治说道，“但是我们怎么把宝藏运走呢？我们没有船。”

西尔弗腾地跳了起来，一只手扶着墙，厉喝道：“我警告你，乔治。你要是再敢这么啰啰唆唆的，我就跟你单挑！怎么运走宝藏？呵，我怎么知道？倒是应该由你来解释下。你和其他的蠢货把船弄丢了，等着被晒成干。问你也说不出什么来，你们蠢得连只蟑螂都不如。不过乔治·麦里，你说话应该注意下礼貌，这点不要等着我来教你。”

“这话说得非常公平。”老摩根说。

“当然公平，我就是这么想的。”伙夫说道，“你们弄丢了船，我找到了宝藏。咱们到底谁更厉害？现在我宣布辞去船长一职。你们谁愿意当船长就当吧，我是受够了。”

“西尔弗！”海盗们齐声高喊起来，“我们永远选‘烤肉架’，‘烤肉架’船长！”

“这才是你们的本意，对吗？”伙夫大声地说着，“乔治，看来你要等下次了，朋友。你运气不错，我并不是个记仇的人。那么，伙计们，现在这张黑券没用了吧？迪克可真是不走运，他还因此弄坏了自己的《圣经》，这就是你们这群蠢货干出来的事。”

“我以后还能亲吻这本《圣经》祷告吗？”迪克小声地问道，他显然对于自己招致了祸端而感到心神不宁。

“一本被撕坏的《圣经》？”西尔弗嘲弄地回答道，“当然没用了，就像你拿着唱本起誓一样毫无意义。”

“不管用了？”迪克叫着说，声音里透着喜悦，“那我也还是留着它吧。”

“接着，吉姆，这个给你开开眼。”西尔弗边说边将一个纸团扔向我。

这张纸片有一枚银币那么大。一面没有字，因为它原本是《圣经》的最后一页；另一面印着《启示录》的最后几小节——其中有句话刻入我的大脑，使我印象深刻：“城外有狗和杀人犯。”印着字的一面已经被炭弄黑了，表面的炭迹还蹭黑了我的手；空白页用炭灰写着“免职”两个字。这张纸条直到现在还被我留在身边，虽然上面的字已经模糊不清，只留下好像是谁的指甲划出来的痕迹。

这一晚的风波到此算是告一段落。没多久，每个海盗在酒过三巡之后就躺下呼呼大睡了。西尔弗“不记仇”的做法就是派乔治·麦里去放哨，并威胁他，如果敢违抗命令就杀死他。

我睁着眼睛待了很长时间，因为今天实在发生了太多的事情需要我去思考。我回忆起下午时分的危难关头我杀死的那个海盗。我思索着西尔弗现在玩的小把戏，他一边将海盗们团结起来，一边费尽心思地占尽任何自保的先机，而不管那么做是否真的有用。他自己睡得香甜，鼾声如雷。想到他身处险境，还有可能被送上绞刑架，虽然他确实是个无耻混蛋，但我还是有些替他难过。

第三十章　短暂的会面

我被一个声音吵醒了——确切说是我们所有人。我看到守在门口的哨兵也被惊得从睡梦中跳了起来。林子里传来一个清晰、亲切的声音。

“屋子里的人，嘿！”那个声音高声说道，“医生来了。”

来的人果然是医生，虽然我的心里十分高兴，但是也掺杂着深深的内疚。一想起自己违背命令偷溜出去的事，我就深深地自责。同时因为鲁莽使自己陷入眼前的境地，身处敌营，与坏人为伴，我简直觉得没脸见他。

医生一定是天还没亮就动身了，因为现在天刚蒙蒙亮。我跑到一个射击口附近往外看，他正站在齐膝的薄雾中，如同西尔弗来谈判的那次一样。

“你来了，医生！早啊，先生！”西尔弗一下就清醒了，带着笑容向医生大声地打着招呼，“这么早你就来了，俗话说得好，早起的鸟儿有食吃。乔治，别跟块木头似的戳在那里，快去扶一下利夫西医生跨过围栏。一切都很好，你的病人都恢复得挺快。”

西尔弗如此这般说了一堆废话，拄着拐一手撑在墙上，就这么站在小山丘顶，他的音容笑貌和言谈举止怎么看都是叛变前的那个老约翰。

“我们有个让你意想不到的消息，先生，”他接着说，“我们这里到访了一位小客人——他，嘿嘿！既是个新房客，又是老房东。先生，他身体健康，精神饱满，昨天一整晚都跟老约翰挨在一起睡得可香呢！”

利夫西医生此时已经跨过围栏，距离伙夫相当近了。我听得出医生说话时的声调都变了，他说：“不会是吉姆吧？”

“正是你说的那个吉姆。”西尔弗回答。

医生当时就停下了，什么都没说，过了几秒钟，他缓过神来，才继续向前走。

“好了，好了，”医生最后说道，“让我们先办正事吧，然后再说其他的——你之前总这么说，那就按你说的做吧，西尔弗。我先去查看你这里的病人都怎么样了。”

随后医生走进木屋，冷冰冰地冲我点了点头，就走向病号去工作了。他看起来好像没什么顾虑，虽然他十分清楚，在这些背信弃义的海盗身边随时可能招来杀身之祸。他同病人们不停地说着什么，就像给一个普通的英国家庭做日常检查一样。我想，医生的行为也感染了这些海盗，他们对他的态度也如同之前什么都没发生过一般，好像他只是他们的随船医生而已，而他们依旧是大船上值得信任的伙伴。

“你看起来好了很多，朋友，”医生对那个脑袋缠着绷带的家伙说，“能逃过这一劫，你的命可真大，你的头肯定像钢铁一般坚硬。乔治，你怎么样了？你的脸色不好。还有，你的肝脏被折磨得极其紊乱，吃药了吗？他按时吃药了吗，伙计们？”

“哦，哦，先生，他吃过了，我确定。”摩根说道。

“你们看，自从我成了背叛者的医生，或者说是监狱医生——这么说似乎更贴切，”利夫西医生幽默地说着，“我就把拯救你们的性命当成己任，我要把你们的命留给乔治国王（上帝保佑他）和绞刑架来处置。”

这帮叛变者面面相觑，对于这段切中要害的话无言以对。

“迪克觉得不太舒服，医生。”一个海盗说道。

“是吗？”医生问道，“迪克，过来让我看看你的舌头。完了，他要是觉得舒服才奇怪呢！这位老兄的舌苔都能让法国人感到恐惧了，他得了黄热病。”

“嗯，这么看，”摩根说道，“这就是报应，谁让他撕了《圣经》呢。”

“正如你们自己说的那样，你们就像头驴那么蠢，”医生回嘴说，“新鲜空气和瘴气你们都分不清楚，搞不清干燥的土地和容易传播疾病的沼泽地的区别，缺乏判断能力。我觉得——当然这只是个人的一种猜测——在把你们身上的疟疾治好之前，你们可有的受了。在沼泽地驻扎，你们都干过吧？西尔弗，我有些不解，你看起来比这些人都聪明，怎么连最基本的卫生常识都没有。”

“好啦。”医生依次给每个人都发了药后说道。他们在听医嘱的时候，每个人都乖得像是慈善学校的小学生一样可笑，根本不像杀人不眨眼的海盗。“这些就是今天的全部工作。可以的话，接下来我想跟这个男孩谈谈。”

医生漫不经心地向我的方向点头打了个招呼。

乔治·麦里正在门口吞食一种非常难吃的药，又啐又唾的。他突然转过身，脸涨得通红大声说道："不行！"并骂了起来。

西尔弗摊开手掌向着酒桶猛地拍了一下。

"安静！"他边吼叫边环顾周围的样子就像一头雄狮。"医生，"他用极其平静的声音继续说着，"我也一直思索着这件事，我看得出你格外疼爱这个男孩。你对我们所做的善举我一直心存感激。你也看到了，我们十分信任你。你给我们开的药我们都当甜酒一般喝下去。我想这里有一个万全之策。霍金斯，你能像个绅士一样向我保证——你确实算个小绅士，虽然你出身的家庭并不十分富裕——你能保证不逃走吗？"

我立刻向他保证。

"好的，医生，"西尔弗说道，"请你先走到围栏外面去，等到你一走到那里我就带着这个小伙子走到坡下的围栏内侧，然后你们二位就能隔着围栏谈话了。向你和乡绅以及船长先生致敬问好，祝你愉快！"

医生刚刚走出木屋，屋内被西尔弗勉强震慑住的海盗们便一下子爆发出积蓄已久的不满来。他们指责西尔弗的两面三刀，为了自己的安危，不惜牺牲同伴们的利益。他们说得没错，并没有冤枉他。事情非常明显，我想不出这次他还有什么办法能扭转大家的愤怒情绪。但这些海盗终归连他的一半都不如，昨晚他的胜利为自己带来了巨大的优势。你可以想象，他随意地骂他们笨蛋和傻瓜，还说让我跟医生谈一谈是非常必要的。他拿出藏宝图挥了挥，反问大家，如果在寻宝当天的节骨眼儿上与医生撕毁了协议，这责任谁来承担。

“不，一定要谈！”西尔弗大吼着说，“时机成熟时，我们肯定会撕毁合约的。在这之前，我们必须把医生哄好，就算是他要求用白兰地给他擦皮靴，我们都要照做。”

西尔弗叫人把火点燃，然后自己拄着拐杖，一只手搭在我的肩上，大摇大摆地走出了屋子，不去管其他人的想法。海盗们一时不知所措，呆立在那里，虽然不服，但是他们再次被西尔弗的话震慑住了。

“慢点儿，小兄弟，慢着点儿，”他说，“如果他们看到咱们走得匆忙，他们会立刻向咱们扑过来的。”

于是，我们不紧不慢地穿过沙地，向已经等在围栏外的医生走去。我们一走到可以听清对方说话的范围内，西尔弗就停住了脚步。

“医生，请你把所发生的一切都记录下来，”西尔弗说道，“这个孩子会告诉你，我是如何救了他的命，并且差点儿被免职的。你大可以相信我，医生，当一个人像我现在这样冒着生命危险孤注一掷的时候，希望能听到几句好听的话，这样不会引起你的误会吧？你现在要明白，已经不只是我一条命这么简单了，这个孩子的命运与我连在一起了。医生，到时候请为我说几句公道话。托你的福，我是否有希望活下去全看你了。”

西尔弗一走到门外，背对着他的同伴和木屋的时候，立刻好像变了一个人，两颊深陷，说话的声音颤抖着，没有人能比他装得更逼真了。

“约翰，你害怕了？”利夫西医生问道。

“医生，我并不是个胆小鬼，一点儿胆小的影子都没有。”他说着猛地打了个响指，“我若是个胆小鬼，我就不会这么说了。但是老实跟你说吧，一想到会上绞刑架，我还是忍不住浑身发抖。你是个绅士，信守诺言，我没见过比你更好的人，我做的好事请你不要忘了，就像你不会忘记我所犯下的错误一样。你看，我马上就会走到一边去，让你和吉姆单独待上一会儿。这点也请你记下来，我真的是很够意思的！”

说完，他就走到了一边，直到听不到我们谈话的地方。他找了个树桩坐了下来，一边吹着口哨，一边扭着身子望向四周，一会儿看看我，一会儿看看医生，要不就去看看那些在沙地上不服从指挥的四处乱晃的海盗们。他们此时正忙着生起一堆火，拿出猪肉和面包，准备做早饭。

“吉姆，”医生非常难过地说，“你重新回到这里了，这简直是咎由自取。我的孩子，我实在不忍心责备你，但是有句话我不得不说，不管你是否爱听。斯莫利特船长身体健康的时候，你不敢逃跑；等他负伤了，拦不住你了，你就可以逃走了。你这么做就是个懦夫。”

我非常同意他的话，并止不住哭了起来。“医生，请别再责备我了，我早在心里把自己骂个够了，我所做的这些只有用我的性命来补偿了。这次要不是西尔弗护着我，我的小命早就没了。医生，请你相信我，我不怕死，也该死，但是我害怕受刑，万一他们给我用刑……”

“吉姆，”医生打断了我的话，他的声音也变了，“吉姆，我不想让你受苦，你跳过来跟我一起逃跑吧。”

“医生，”我说，“可我已经保证过了，不会逃走。”

“我知道，我知道，”他非常激动，“管不了这些了，吉姆，就现在，所有的责备和羞耻我会全帮你扛下来的。我的孩子，我不同意你留在这里。跳吧！一跳就能出来了，咱们会跑得比羚羊还快的！”

“不，”我回答道，“你知道是不能这么做的。换做是你，或者是乡绅和船长也都不会这么做的，我也一样。西尔弗信任我，我也对他做过了保证，所以我必须回去。但是，医生，你还没听我把话说完。我担心如果他们严刑拷打我的话，我会说出船的位置。我已经靠运气冒险把那艘船搞到手了。她被我停在了岛北边海湾里的南沙滩上，比高水位略低。潮退后，船会完全露出海面。”

“那艘船！”医生惊叫道。

我迅速将自己的冒险经历讲给他听，他一言不发地听完了我的话。

“还真像是命运的安排，”在我全部讲完后，他评论道，“每一次都是你救了我们。你认为我们会让你丢掉性命吗？当然不会，孩子，那就是忘恩负义了。你发现了他们的阴谋，遇到了本·冈恩——这是所有你做的好事中意义最大的一件。也许等你到了九十多岁，这件事的地位也依然如此。呵，提到本·冈恩！哎呀，他可真是个调皮鬼。西尔弗！”他大声地叫道，“西尔弗！我奉劝你们一句，”他在伙夫走近以后对他说，“寻宝的事切忌操之过急。”

“医生，我会尽量按你说的去做，但恐怕有心无力。”西尔弗说道，“很抱歉，除非我们去找宝藏，否则就很难保住我自己和这个孩子的小命了。请相信我。”

“好吧，西尔弗，”医生说道，“既然如此，我再多说一句，你们找到宝藏时，可不要大哭大闹起来。”

“医生，”西尔弗说道，“你觉得是多说一句，可我觉得还是太少。你这么做到底是为什么呢？你留下了藏宝图，还把木屋留给我们。真的，你这么做可真是把我给搞糊涂了。我一直照你说的去做，但是一句带亮儿的话都没听到，总这么着可不行。你要是不明明白白地跟我讲清楚，每次都这样，我可就要撒手不管了。”

“没什么了，”医生认真地说道，“我没有权利再说什么了。这并不是我一个人能决定的，西尔弗，我保证有一天会全部告诉你的。现在我已经说得不少了，我能说的也就这么多了，再说下去船长肯定会骂我的。不过，西尔弗，先给你透个话，如果有一天咱们两个人都能平安无事地离开这个岛，我一定会尽自己最大的努力解救你的，一言为定。”

西尔弗听了以后露出满脸的喜悦之情。“你不用再说了，我相信你，先生，就连我亲妈的话也没有你的话能安慰人。”他兴奋地说道。

“这是我的第一点让步，”医生又说道，“第二点是个建议，将这个孩子随时带在身边。如果你需要帮助的话，大声地喊‘哈咯’，我一定会马上飞奔过来帮你们的。那个时候你就知道我是不是说到做到了。再见了，吉姆。”

利夫西医生隔着围栏同我握了握手，然后对西尔弗点了点头，就迈着轻快的步子向丛林中走去。

第三十一章　猎宝记——弗林特的线索

“吉姆，”当只剩下我们两个人的时候，西尔弗对我说，“要是我保住了你的命，而你也保住了我的命，那么将来我一定不会忘记你的。刚才我的余光看到医生挥手要你同他一起逃走，但是你说不行，真实得如同我亲耳听到一样。你这种行为可真是个绅士。自从强攻失败后，我第一次觉得有了希望，这全都是托你的福。吉姆，接下来，我们不得不硬着头皮去寻宝了，而且这趟旅行凶多吉少。我们必须相互帮助，形影不离地照顾彼此。这样的话，就算是运气不好，我们也不至于掉脑袋。”

就在这时，有人招呼我们过去吃早饭。大家随意地坐在沙地上吃着干面包和煎猪肉。他们生的柴火着得非常旺，都可以烤熟一整只牛了。我只能从背风面靠近它，就算这样也要十分小心避免被烫到。海盗们同样浪费着食物，准备了相当于我们食量三倍的早饭。一个海盗笑呵呵地把吃剩的食物全都倒进火堆，火里多了这些奇怪的燃料，火苗猛地蹿了上来并发出呼呼的声响。我从未见过这样的人，只贪图今天的享乐不顾及明天，这么说他们再恰当不过了。这样糟蹋食物，放哨时呼呼大睡的人，虽然打仗的时候知道用蛮力拼命，但遇到持久战的话，一定会败下阵来。

西尔弗肩上坐着鹦鹉弗林特，自己一个人在旁边大吃特吃着，对于其他海盗的浪费行为并不在意。这点很出乎我的意料，让我觉得他心里又在打着其他的如意算盘。

“喂，伙计们，”西尔弗说，“有我‘烤肉架’为你们计划好一切，你们多幸福啊。我已经偷听到了，船确实在他们手里，但是不知道藏在哪里。等我们找到宝藏后，翻遍整个岛也要把它找出来。伙计们，我们现在还有两条小船，肯定是咱们抢占了先机。”

他不停地说着，嘴里塞满了煎猪肉。他试图重新稳固海盗们对他的信任，给他们希望，同时也为自己鼓气。

“至于这个人质，”他接着说，“我想今天是他跟自己人的最后一次谈话了。我从中听到了一些消息，这完全得感谢他。这事就先说到这里。一会儿寻宝的时候，我要用绳子把他与我拴在一起，像看金子一样看牢他，以免发生意外。这点你们记住，一旦我们将船和宝藏都拿到手以后，我们就美滋滋地回到船上返航回家。那时候我们再去讨论霍金斯先生的事，对于他所做的好事，我们肯定不会亏待他。”

海盗们个个兴致勃勃，只有我心情低落。如果他刚才说的这些事都实现了，西尔弗这个两面三刀的家伙，会毫不迟疑地按计划去做，至今他都在脚踏两条船。不可否认的是，他一定更倾向于跟海盗们一起享受财宝和自由，而不仅仅是躲过绞刑架的审判。

不仅如此，就算事情发生到他只能按照对利夫西医生的承诺去做事时，我们依旧面临险境。一旦其他海盗仍旧怀疑他的事被证实了，我们就不得不努力保住自己的性命。一个瘸子和一个孩子，要怎样才能对付五个身强力壮的水手呢?

除了前面的担忧以外，我的同伴们的行动计划目前对我来说仍然是个谜：他们为何要离开木屋，为何留下地图，实在是解释不通；还有利夫西医生最后对西尔弗提出的建议，“你们找到宝藏时，可不要大哭大闹起来”究竟是什么意思。你们如果站在我的角度去想这些，就明白为什么早饭嚼在我的口中，跟吃蜡没什么区别；也会理解我为什么一想到要与海盗们一起寻宝，就会吓得腿软。

如果有人在旁边看到这番景象一定会觉得奇特，这里的人都穿着脏兮兮的水手服，除了我以外每个人都全副武装。西尔弗身上一前一后地挎着两把滑膛枪，腰间别着一把大弯刀，他外套两侧的口袋里还分别藏着一把手枪。最特别的是，他还在教站在他肩膀上的鹦鹉弗林特不停地说着一些航海术语。他在我的腰上拴了一条绳子，我只好顺从地跟在他后面走。他有时用闲着的手拉着绳子的另一端，有时把绳子叼在口中。总之，我看起来就像马戏团里的狗熊一样，好像随时要上台去表演杂耍。

其他的人身上扛着不同的东西，有的是铁锹和镐，这些是他们最先从“希斯帕诺拉”号上带下来的工具，有的准备午餐吃的猪肉、面包和白兰地。我发现所有的食物都取自我们留在木屋中的补给品。这么看来，西尔弗昨晚说的话是真的，要不是他跟医生达成了协议，他们这群海盗自打丢了船后就只能靠喝凉水和打野味来度日了。凉水的味道并不好喝，水手们又不擅长狩猎，而且连粮食都储备不足的时候，子弹也不会太充足。

我们准备好东西就动身了，甚至连脑袋开瓢的那个海盗也跟着一起去了，他这时本应在阴凉处歇着的。我们一行人前后簇拥着来到了海边，找到那两条小船停放的地方。小船里还留着海盗们醉酒后打斗的痕迹：一条小船的坐板已被损坏；两条船的船桨沾满了泥土，船里还有没被舀出去的水。为了保险，西尔弗决定将两条船一起带走。我们分成两拨，分别坐在两条小船里向落锚地划去。

在路上，海盗们对地图表达的含义展开了争论。地图上面大大的红十字并没有标出精准的位置，背面的注解写得又不是很清楚明白。你一定还记得，上面写着：

> 望远镜山山坡的一棵大树，指向东北偏北。
>
> 骷髅岛的东南偏东。
>
> 10英尺。

所以，大树便是我们最重要的标识。我们正前方的落锚地与一片二三百英尺高的高地相连。高地的北边连接着望远镜山的南坡，南端是那座逐渐隆起且怪石嶙峋的后桅山。松树高矮不一地分布在高地上。不同种类的有四五十英尺高的杉树凸显在松林之中，随处可见。到底哪棵才是弗兰特所说的那棵“大树”，只能等到达高地以后用罗盘来测了。

因此，还没走过一半的路程时，船上的每个人心中都有了自己认定的那棵大树。只有长腿约翰耸了耸肩，说到了高地再说。

海盗们在西尔弗的指挥下，为了保存体力不紧不慢地划着船。划过很长一段路程之后，在第二条河的河口那里靠了岸。这条河是从望远镜山树木茂盛的那个斜坡上流下来的。从岸边向左拐后，我们便沿着山坡向高地走去。

起初，泥泞的路面和匍匐而生的沼泽植物为我们赶路增添了不少阻力。随着坡面越来越陡峭，脚下的土地也变得越发扎实，高大的树木零星分散地生长着。我们正在接近岛上风景最美丽的地方。灌木丛中生长着各种植物和香味浓郁的金雀花，从生碧绿色的肉豆蔻与树荫宽广长着红色树干的松树相映成趣，肉豆蔻和松树散发出清新的味道使人心旷神怡。另外，清爽的空气也在炎炎烈日下为大家送来了一份舒心。

海盗们呈扇形散开，叫嚷着、跳跃着。我和西尔弗分别处于扇形的中心点和中心偏后的位置。我被拴在绳子的一头，他气喘吁吁地在松滑的砾石间领路。有时我必须上前拉他一把，否则他很可能就失足跌下山崖了。

我们像这样走了大概半英里，在快要到达高地的顶端时，突然最左边的那个人像是受了惊吓一般大叫起来。他叫个不停，惹得所有人都向他那里跑去。

“他不可能发现了宝藏，”老摩根边说边从右边跑了过来，从我们面前匆匆跑到前头，“这可还没到山顶呢。”

没错，当我们也走到那里时发现根本不是什么宝藏。在一棵高大的松树下面躺着一具死人的骨架，上面覆满了蔓草。有几块骨头已经被藤条微微地顶了起来，地上还残留着一些破衣服的碎片。我相信此时每个人的心中都充满了恐惧。

“他是个水手，”乔治·麦里说道。他的胆子比其他人大，敢走到尸体面前查看衣服的碎片。“至少，从穿着来看他穿的是水手服。”

“嗯，对，”西尔弗说道，“十有八九是水手，主教可不会来这种地方。看起来，这副骨架的姿势可真有点儿怪异，十分不自然。”

确实，很难想象这个人是怎么一直保持这个姿势的。可能是因为被吃尸体的大鸟啄过，或是因为蔓草的一点点侵入，这副骨架的某些地方乱糟糟的。他的身体笔直地躺在那里，脚指向一方，而双手就像跳水时的姿势似的举过头顶，正指向相反的方向。

“我这个笨脑袋瓜看出点儿意思来了。”西尔弗说道，“这里有罗盘，那边骷髅岛的岬角尖就是突出的那颗牙齿。顺着骷髅骨架测一下方向就什么都清楚了。”

于是西尔弗拿出罗盘来测方向。尸体指着的方向正是东南偏东。

“果然没错，”伙夫大叫起来，“这副骨头架子就是指针，在这里对准北极星的方向一定能找到宝藏。不过一想起弗林特，我就会觉得浑身发冷。这一定是他搞的鬼，肯定没错。当时只有他和那六个人在岸上，其他人都被他杀了。最后他一定将其中一个人的尸体拖到这里，按照罗盘的指向摆在了相应的位置上。我敢打赌一定是这样的。看，长长的骨头、黄色的头发，一定是阿拉达斯。你还记得阿拉达斯吗，汤姆·摩根？”

“嗯嗯，”摩根回答，“他还欠着我钱呢，上岸的时候还带走了我的刀子。”

“说起刀子，”另一个海盗说道，“为什么没看到他身上有刀子？弗林特是不会搜一个水手的身的，也不太可能是被鸟叼走的吧？”

“你说得有道理，没错！”西尔弗大声地说。

“这里可什么都没有，”麦里说着还在尸体旁边寻找着，“如果连一个铜板或者是烟盒都看不到，我觉得可不太正常。”

“是有些不正常，”西尔弗认同道，“不仅如此，还让人不寒而栗。你们说，兄弟们，如果弗林特还活着的话，这里可能就是我们的葬身之地了吧。当时他们是六个人，现在我们也是六个人，可如今他们只剩下一堆骨头了。”

“不，我是亲眼看着他死不瞑目的，”摩根说，“是比尔将我带进去的。他躺在那里，两只眼睛上各放着一枚一便士的铜币，为了能让他闭上眼。”

“死了，他确实死了，下地狱了。”头上缠着绷带的那个人说着，“不过，如果世界上真有鬼魂的话，那一定是弗林特。天啊，他死之前可真是折腾得够呛。”

“嗯，没错，”又一个人说道，“他一会儿怒气冲冲，一会儿又吵着要喝朗姆酒，之后又唱起了歌谣。他这辈子似乎只唱那首《十五条汉子》的歌谣。我说的可是真的，从此我就开始讨厌那首歌了。那天非常热，窗户打开着，歌声清晰地从窗里传到窗外，那肯定是死神来找他了。”

“行了，行了，”西尔弗说道，“别说这些了，人都死了，是不会复活的。至少我能确定鬼魂是不会在白天出来乱晃的，你们应该相信我的话。越是疑神疑鬼越会害怕，快走吧，去搬金子去。”

在他的一番鼓舞下，大家重新出发了。虽然是在烈日照射下的大白天，海盗们也不敢独自在林中行走了，也不再大呼小叫。他们并肩走在一起，说话时也屏息放低了声音。那个死去的海盗头子至今都让他们心有余悸。

第三十二章　猎宝记——林中的声音

刚刚发生的事让大家非常紧张，加上西尔弗和生病的海盗们想休息一下，所以这伙人刚到达高地的顶端就坐下来歇息。

高地微微向西边倾斜，所以我们歇脚的地方视野非常好，四周景色尽收眼底。我们的前方，越过树顶可以看到森林岬角与大海相连的地方波涛汹涌。我们的后方，不仅能看到落锚地、骷髅岛，还能看到岬角和东海岸低地外围那片广阔的海域。望远镜山高耸在我们的头顶上，不远处有几棵孤立生长的松树，较远的地方则是黑黑的峭壁。周围非常安静，只能听到远处传来惊涛拍打礁石的声音和昆虫在树丛中的鸣叫。岛上看不到一个人，海上也看不到一艘帆船，这番空旷的景色使人倍感孤独。

西尔弗坐下以后用罗盘测了几次方向。

“从骷髅岛到那边的这条线上，”他说，“一共有三棵‘大树’。‘望远镜的肩膀’我觉得就是那边低一点儿的山顶。找到宝藏应该不是什么难事，我们还是先吃点儿东西吧。”

“我并不觉得饿，”摩根嘀咕着说，“一想到弗林特我就什么都吃不下了。”

“是呀，我的好伙计，你应该感到庆幸，他已经死了。”

“他死的时候像个恶魔，”第三个海盗说这句话的时候打了个寒战，“脸色像铁一样暗青。”

“那是因为喝了太多的朗姆酒，”麦里插嘴说道，“像铁一样暗青，弗林特的脸确实是那样铁青铁青的。”

自从他们发现了那副骸骨以后，加上回忆起弗林特，海盗们说话的声音都变得轻声细语的，最后甚至变成了低声耳语。树林中仍旧是一片寂静，丝毫不影响他们的谈话。猛地，从我们正前方的树林中传出又尖又细的声音，颤颤悠悠地唱着那支我们都非常熟悉的歌谣：

十五个人抢夺着死者的金库，
呦、嘀、嘀，再加一瓶朗姆酒呦……

海盗们立刻被吓得魂飞魄散，我从没见过别人像他们这样，好像中了邪似的面如死灰。有人跳了起来，有人紧紧地抱着别人，摩根吓得趴在了地上。

“那声音是弗林特，我的老天——”麦里失声尖叫起来。

歌声戛然停止了，如同它的出现一样突然，就好像有人才唱到一半就被人捂住了嘴巴。那天的天气风和日丽，阳光明媚，从翠绿的树林中传出的歌声让我觉得十分悠扬动听，以至于很难理解海盗们在怕些什么。

“走，”西尔弗的嘴唇已经没了血色，咬着牙说道，“这样下去可不行，站起来，我们继续往前走！这事太奇怪了，虽然我听不出是谁的声音，但肯定有人在背地里捣鬼。这个人一定是个大活人，你们尽管放心。”

他说着便也恢复了不少勇气，脸上渐渐泛起血色。其他人听他这么一说，也镇定了许多。正在这时，远处又传来刚才的声音，这次不再是唱歌谣了，空灵的声音若有若无地呼喊着，在望远镜山的山涧中回荡。

“达比·麦克——格劳！”哀号恐怕是最适合形容这个声音的了。“达比·麦克——格劳！达比·麦克——格劳！”声音如此循环地重复着。接着，声音略微提高了并喊道：“达比，给我朗姆酒！”同时夹着一些脏话，这里我就不重复了。

海盗们的脚好像长在了地上，一动不动地翻着白眼。然后声音又停止了，过了很久，海盗们依旧失魂落魄地呆立在那里。

“这回不用怀疑了吧！”一个海盗焦急地说，“快走吧，咱们！”

“这是他咽下最后一口气前说的话。”摩根的声音带着呻吟。

迪克拿出自己那本《圣经》开始祷告。迪克曾受过良好的教育，他是出海之后遇到这群海盗才走上歪路的。

即便如此，西尔弗也没有被吓倒。虽然我听到他的牙齿在上下打架，但是他仍然没有屈服。

“除了我们这群人外，”他自顾自地说着，“这个岛上怎么会有人知道达比是谁。”他重新振作起来大声地说：“伙计们，我们是来寻找宝藏的，无论是人是鬼，我们都不能退缩。弗林特活着的时候我都不怕他。现在，我也敢说，就算是他的鬼魂来了，我依然不怕。在距离这里不到1/4英里的地方埋着价值70万英镑的宝藏。我们是海盗，怎么能眼睁睁地看着这些钱不拿，而掉头跑掉呢！就因为惧怕海上那个铁青面孔的老酒鬼吗？更何况他已经死掉了！”

这伙人并没有因为这席话而振作起来，相反，因为听到了老弗林特的名字而平添了更多的恐惧。

“就此打住吧，约翰！”麦里说道，“何必得罪一个鬼魂呢？”

其他人都吓得不敢说话。他们要是胆子足够大的话早就四散逃跑了，现在却只敢紧紧地围在约翰身边，似乎在寻求他的庇护。西尔弗现在已经在很大程度上战胜了自己的恐惧。

“鬼魂？好，也许是吧。”他说道，“有一件事让我感到疑惑，这个声音是有回音的，哪个鬼是有影子的？我算是搞不懂了，鬼叫的话怎么会有回音呢？这是违背常理的，对吧？”

这个理由在我看来根本不能说明什么，但是你永远搞不懂迷信的人，不知道他们会相信哪些话。令我吃惊的是，麦里竟然相信了西尔弗的话。

“是的，你说得没错，”麦里说道，“你肩膀上长着的脑袋确实装着智慧。约翰，你说得肯定没错。走吧，伙计们！我们刚才都犯糊涂了。那声音确实很像弗林特，确实，但仔细听听还是有那么点儿不同。听起来更像是谁呢？呃，更像是——”

“对了！本·冈恩！”西尔弗一下子叫了起来。

“噢，就是他！”摩根大叫着，用膝盖顶着地爬了起来，“那正是本·冈恩！”

“这有区别吗？”迪克问着，“本·冈恩不是也死了吗，跟弗林特一样？”

不过，在老水手看来，这种问题简直可笑。

“没有人会怕本·冈恩，”麦里说道，“不管他是死是活，谁会把他当回事。”

说来也怪，他们立刻就恢复了常态，精气神都回来了，不久又开始聊起天来。他们偶尔会停下来听听周围的动静，等了一会儿，发现没什么声音，就扛起东西重新出发了。麦里拿着西尔弗的罗盘走在最前面，确保他们始终走在与骷髅岛之间的那条直线上。他的话确实不假，没人会把本·冈恩放在眼里，无论他是死是活。

只有迪克仍旧抱着《圣经》虔诚地祈祷，边走边胆怯地四处张望。没有一个人同情他，西尔弗甚至还用言语嘲讽他。

“我跟你说过的，”西尔弗说，“那本《圣经》已经被你撕坏了，凭着它祷告是没用的。你还指望鬼魂买你的账吗？醒醒吧！”说完，他靠在拐杖上歇息，还打了个响亮的响指。

此时，迪克的状况越来越糟，我都能看出来了，这家伙已经病入膏肓。在酷暑、疲劳和恐惧的多重打击下，利夫西医生所说的黄热病正使他的体温迅速升高。

高地顶端的树木很少，道路开阔适合行走。前面已经描述过，这里的坡面向西边倾斜，所以我们其实是在下坡。或大或小的松树相距甚远，在一丛一丛的肉豆蔻和杜鹃花之间也常常看到大块的空地，赤裸地暴露在烈日下。我们面朝西北，基本上横穿全岛，不仅越来越靠近望远镜山的肩膀，西边的海湾也越来越清晰。之前，我偷偷溜上本·冈恩的小船时，我的命运还在那里经历了风浪的考验。

我们在第一棵大树下面测了下方位，发现不是这棵树。第二棵大树也是同样的状况。第三棵松树被一丛低矮的灌木簇拥着，大约有200英尺高，真算得上是林中巨匠。深红色的树干看起来有一间木屋那么大，伸展开的树荫宽阔得能容下一个连队在这里操练。从东西两岸都能清楚地看到它的身影，这棵树被用作航海图上的标识简直太合适不过了。

海盗们感兴趣的可不是这棵树有多大，他们的目的是那堆藏在树荫下的巨大的——价值70万英镑——宝藏。他们一点点靠了过去，之前的恐惧已经完全被钱财的欲望吞噬了。他们赤红了双眼，步子也变得轻快起来，所有人的心思都集中在宝藏上。一辈子都享之不完用之不尽的金银财宝，现在就在眼前了。

西尔弗嘟嘟囔囔地拄着拐杖一瘸一拐地朝前走，鼻孔张得很大，鼻翼两侧在不停地颤动。当苍蝇停在他那红通通、汗涔涔的脸上时，他简直像个疯子一样不停地谩骂。他拽着拴我的绳子时也变得非常凶狠，还常常不怀好意地打量我，让人不寒而栗。当宝藏近在眼前的时候，他已经没什么耐心去掩饰自己的内心了，这点我看得明明白白。一切与之无关的事情都被他忘得一干二净，之前他的承诺和医生对他的忠告也都变成了泡影。唯一让我深信不疑的是，他希望尽快得到宝藏，并在天黑之前找到“希斯帕诺拉”号，将财宝搬上大船，再杀死所有的人，最后载着一船的罪恶和金银财宝逃之夭夭——从一开始他就是这么打算的。

在如此紧张的情况下，我满怀心事，实在很难跟上寻宝者们飞似的步伐。我踉踉跄跄地前进着，每当这时西尔弗总要粗暴地拽紧绳子，然后狠狠地瞪我一眼。落在后面的迪克也挺直了身子，一会儿骂上几句，一会儿虔诚地祷告，身体的不适让他的体温越来越高。这些都让我非常痛苦，当年发生在这片高地上的悲剧也如阴霾一般遮上我的心头。我似乎看到那个铁青着脸的海盗死亡前的一幕，在萨凡纳，他唱着水手的歌谣，还大喊着要喝朗姆酒。他在这里亲手杀死了自己的六个伙伴。虽然现在这片丛林是如此的安静，当年这里一定是惨叫连连。想到这里，我的耳畔仿佛又回响起刚才那个人的声音。

我们终于走到了灌木丛边缘。

“快点儿，伙计们，快跟上。”麦里一边喊着一边跟先头部队一起冲了过去。

然而，还没跑出10码远，我就看到他们停了下来。接着是人的尖叫声，逐渐由弱变强。西尔弗见状拄着拐杖，三步并做两步地冲了过去。看到眼前的一切，我和他都惊呆了。

我们眼前是一个大大的土坑，不像是最近才挖好的样子。土坑的四周已经坍塌下去，坑里冒出青草的嫩芽。土坑里有把铁镐柄，已经断成了两截，几块包装箱上的破板子也散落其中。一块木板上用烙铁印着“老海象号”的字样，这正是弗林特的船名。

一看便知，这里已经被别人率先洗劫一空了。70万英镑不翼而飞。

第三十三章　西尔弗的失败

世界上再也没有比这更富戏剧性的一幕了。六个海盗人人自危，但是西尔弗很快便从打击中回过神来。他刚才就像一个参加比赛的选手那样全力以赴，将全部精力都集中在怎样获得那笔宝藏上，但转瞬间，他燃起的期望便被浇灭了。不过，在其他人还没来得及失望之前，他便恢复了冷静，调整好自己的呼吸，并改变了自己的计划。

“吉姆，”他耳语道，“拿上这个，以防万一。”

说完，他便递给我一把双筒手枪。

同时，他开始悄悄地向北移动，几步之后，我们俩与那五个海盗之间便被这个土坑隔开了。之后，他一边冲我使眼色一边点头，想告诉我“情况紧急”。我自然也想到了这一点。西尔弗的样子并不十分友好，而且我十分厌恶他两面派的做法，忍不住低声说了一句：“你又转向了。”

没等西尔弗回击我，那些海盗便一个个又骂又叫地跳进坑里，并用手挖起土来。他们边挖边将木板扔出来。摩根找到一枚金币。他举起这枚金币，大声咒骂着。这枚金币大概价值2畿尼，海盗们将它来回传着看了十几秒。

“2畿尼！”麦里一边吼叫着一边将金币冲着西尔弗晃了晃，“这就是你说的70万英镑？你不是一个很会做买卖的人吗？你还说自己从来没上过当，你这个榆木疙瘩！”

“伙计们，再挖一挖，”西尔弗用冷漠至极的声调说，“我敢肯定，你们会找到一些花生的。”

“花生！”麦里尖叫着重复了一遍，“伙计们，你们听到了吗？依我看，这家伙早就知道会发生什么。看看他的脸，明摆着这一切都是他策划的。”

“啊，麦里，”西尔弗回击道，“又摆起船长的架子了？你就是个莽夫，这点毋庸置疑。”

不过，这次其余的海盗都站在麦里一边。海盗们一边从土坑里爬出来，一边向我们投来愤怒的一瞥。我发现一个对我们有利的事实：他们都是从西尔弗的对面爬上来的。

就这样，我们僵持不下，两个在坑的这边，五个在坑的另一边，没有人足够高到可以越过坑来发出第一击。西尔弗一动不动，他注视着他们，拄着拐杖站得笔直。我从未见过他如此冷静。毫无疑问，西尔弗有胆识。

过了一会儿，麦里想给自己的兄弟打气。

“伙计们，”他说，“他们只有区区两个人：一个是把我们带到这儿，还骗我们下去的老瘸子；另一个是毛头小子，我要把他的心挖出来。现在，伙计们……”麦里一边提高说话的声音，一边扬起手臂，准备带头进行攻击。突然，从矮树丛中传来三声枪响，“砰！砰！砰！”麦里被击中了，他一头栽入坑里；那个脑袋上缠着绷带的海盗，像一个陀螺一样转了几圈后，身体僵直着倒在了麦里旁边。他虽然已经咽了气，但他的手脚还在抖动。眼见形势不妙，剩下的三个海盗转过身，拔腿就跑。

别人还没反应过来时，长腿约翰就拔出双筒手枪，并冲着麦里开了两枪。麦里临死前用怨怼的眼神狠狠地瞪着西尔弗。“乔治，”西尔弗说，“我想我总算把你干掉了。”

就在这时，利夫西医生、格雷和本·冈恩拿着还冒着烟的枪，钻出矮树丛，跑到我们身边。

“快追！”医生喊道，“小伙子们，拿出双倍的力气，赶在他们前面，别让他们把小船抢走。”

于是，我们像离膛的子弹一样冲了出去，有时还得跳跃着穿过齐胸高的灌木丛。

毫不夸张地说，西尔弗此刻正急着想跟上我们。他腿脚不便，所以只能用拐杖支撑着往前跳着走。这使他胸前的肌肉绷得都要爆炸了。医生认为，一个健全的人也禁不起这样剧烈的运动。所以，当我们跑上斜坡的时候，尽管西尔弗已经累得上气不接下气了，可他依旧落后了足足有30码的距离。

“医生，”西尔弗大声喊道，“看那边！不要着急！”

确实不用再着急了。由于此刻的视野比刚才更加开阔，我们看到那三个幸存的海盗并没有跑向小船，而是沿着来时的路往后桅山跑。而我们已经跑到他们与小船之间的位置了，所以我们四个人坐下来休息，顺便等着西尔弗摸着脸上的汗水，慢慢地赶上我们。

“医生，实在是太谢谢你了，”西尔弗说，“我觉得你来得真是时候，救了我和霍金斯的命。啊，是啊，是你，本·冈恩！”他补充道，“对，没错，你也是好样的。”

“我是本·冈恩，没错。”流放者一边回答一边尴尬地扭动着身体，活像一条鳗鱼。“呃，”他停顿了很长的一段时间才补充道，“西尔弗先生，你怎么样？我猜你一定过得很好吧？”

“本，本，”西尔弗小声咕哝道，“看看你把我害成什么样了！”

医生派格雷回去拿一把海盗逃跑时丢弃的铁镐。之后，我们朝停着小船的方向，从容地走下了山。这期间，医生简略地将事情的经过讲给我听。西尔弗对此表示出极大的兴趣。而本·冈恩，这个半疯半傻的流放者，却是整个故事中的英雄。

本在他既孤独又漫长的流放生活里，偶然发现了那具骸骨，并将其翻了一个遍。之后，他找到了宝藏，又将它们挖了出来（坑里那两截断镐柄就是他的），一个人肩挑手提，分了好几次，才把宝藏从大松树下运到了海岛东北角双峰山上的一个山洞里。直到“希斯帕诺拉”号抵达的两个月以前，宝藏才全都被安全地藏到山洞里。

在围栏被进攻的那个下午，医生才从本·冈恩那里得知这个秘密。第二天早上，当他看到停在落锚地的大船不见了之后，医生便带上那张已经没用了的地图去找西尔弗，并将木屋里的物资也给了西尔弗，因为他知道本·冈恩在藏宝洞里淹了很多羊肉。医生把能给西尔弗的都给了他，目的是交换从围栏安全地撤退到双峰山上的机会。这样做不仅可以更好地看守宝藏，还能远离沼泽地里的瘴气。

“对你，吉姆，”医生说，“我的内心是非常纠结的，因为我必须先顾及那些忠于职守的人，而你却擅离职守。如果你出了事，又能怪谁呢？”

今天早上，当医生发现我可能会落入他为海盗准备的陷阱而丧命时，他立即跑回山洞，留下乡绅照顾船长，并带上格雷和本·冈恩，沿着捷径穿过小岛，向大松树赶来。然而不久之后，医生便发现我和海盗更快一步，于是他让速度最快的本·冈恩绕到前面去，好截住我们。本·冈恩追上海盗后，灵机一动，利用海盗迷信的特点，吓唬他们，使他们放慢了脚步。这招十分奏效，医生和格雷都在海盗抵达藏宝地之前便已经埋伏好了。

“啊，”西尔弗长出一口气，“对我来说，能和霍金斯在一起真是天大的幸运。否则，想都不用想，你们一定会把老约翰大卸八块的，医生。”

“是不用想。”利夫西医生愉快地回答道。

正聊着，我们便走到了停小船的地方。医生用铁镐破坏了其中一条小船，然后我们所有人都坐上另一条，向着北海湾划去。

我们一共划了有八九英里远。虽然追捕的过程几乎要了西尔弗的命，但他依旧拿起桨，同我们一起划起来。我们没用多少时间便划出了海峡，在平静无波的海上滑行，穿过金银岛的东南角，绕过四天前“希斯帕诺拉”号驶进海峡的地方。

当我们经过双峰山的时候，我们看到一个黑影正拿着一把滑膛枪站在本·冈恩的藏宝洞前。那应该就是乡绅了，我们都挥动起手绢并向他欢呼三声。西尔弗也同其他人一起欢呼起来。

我们又往前划了3码多，刚拐进北海湾，我们就看见“希斯帕诺拉”号在那里独自打着晃儿。她随着最近一次涨潮的潮水离开了浅滩。倘若这里曾刮过大风或出现过像落锚地那样强的水流，我们恐怕就再也找不到她了。即便找到，她也有可能已经搁浅而无法补救了。不过她就在那儿，除了主桅有局部损坏以外，其余部分都完好无损。我们将一个新的铁锚拴在船上，并抛入1英寸半深的水中。所有人又划着小船绕到朗姆酒湾，这里是离本·冈恩的藏宝洞最近的登陆点。然后，格雷又一个人将小船划回"希斯帕诺拉"号，他被派去在船上守夜。

一个平缓的斜坡将浅滩和山洞的入口连在一起。在坡顶，乡绅迎接了我们。对我，他采取了理解和包容的态度，提也没提关于我逃跑的事情，也没表示出要责备或表扬我。当西尔弗礼貌地向他敬礼时，乡绅的脸却一下子涨得通红。

"约翰·西尔弗，"乡绅说，"你是个彻头彻尾的大恶棍、江湖骗子—— 一个恶贯满盈的江湖骗子。先生，有人劝我不要控告你，那好吧，不告就不告。不过，那些因你而死的人会在你的脖子上套上一根绞索的。"

"非常感谢，先生。"长腿约翰说着又敬了一个礼。

"我不用你感谢！"乡绅吼道，"这么做完全违背了我的本性。滚开！"

在这之后，我们才进到山洞里。山洞很大，空气充足，还有一小股泉水和一池被蕨类植物覆盖的清水。洞底覆满沙子，斯莫利特船长躺在一堆篝火的前面。我透过影影绰绰的火光，隐约看到在很远的角落里堆着很多钱币和方方正正的金条。这便是我们大老远来的目的——弗林特的宝藏，为此"希斯帕诺拉"号上有十七个人永远地失去了生命。多少人为了它而疯狂，多少人为了它而流血流泪，多少船为了它而永沉海底，多少勇敢的人为了它而行走在血雨腥风之间，多少炮弹为了抢夺它而发，多少谎言与侮辱又因它而起，也许永远也没有人能够说清这些问题。现在，参与过这些罪行的人仅剩下了三个——西尔弗、老摩根和本·冈恩，他们都曾幻想过将宝藏囊入怀中。

“进来，吉姆，”船长说，“从你的角度来看，你是个好孩子，吉姆。不过我想我是不会再和你一起出海了，你给我带来了太多的刺激。是你吗，约翰·西尔弗？什么风把你给吹来了？”

“先生，我回来重新履行自己的职责。”西尔弗答道。

“啊哈！”船长哼了一声便不再说话。

那晚，我吃了非常美味的一餐，我所有的朋友都围着我。晚餐还提供肉食，就是本·冈恩自己做的盐渍山羊肉，搭配我们从“希斯帕诺拉”号拿回来的葡萄酒。我敢肯定，没有人比我们更幸福、更开心的了。至于西尔弗，他坐在火光边缘处，但也吃得很开心，并随时准备着去满足每个人的需求，甚至在我们大笑的时候，他也会不出声地跟着笑。他又恢复成那个服务周到、礼貌热情的随船伙夫了。

第三十四章　冒险结束

第二天一早，我们就起来工作，将数量众多的黄金搬到浅滩。这段路程将近有1英里远。之后，我们将宝藏抬上小船，再划3英里，才能把宝藏运到“希斯帕诺拉”号上。这不得不说是一个人少但任务非常繁重的工作。我们并不十分担心那三个还在岛上的海盗，认为他们除非有了足够的实力进行战斗，否则他们是不会主动进攻的，但我们还是派了一个人在山肩上放哨，以防那三个人的突袭。

由此，工作进行得很顺利。格雷和本·冈恩划着小船，将宝藏运到大船上。他们来回运输的时候，其余的人将宝藏带到岸边。我们将绳子的两头都绑上金条，这对于一个成年人来讲是一个不小的负荷，所以我们走得很慢。至于还不是成年人的我，显然是搬不动金条的，所以我只能一整天都留在洞里，忙着将钱币装进面包袋里。

比起老船长比尔·博恩斯箱子里五花八门的钱币，洞里的钱币种类更多，数量更大。我觉得整理这些钱币是世界上最开心的事情了。这里有英国的乔治金币、法国的金路易、西班牙的杜步龙、葡萄牙的木瓦多以及意大利的赛肯金币等钱币。钱币上的图案几乎囊括了过去百年间欧洲所有君主的头像。还有一些陌生、奇特的东方钱币，上面铸有一缕线绳或一小片蜘蛛网等图案。这些钱币有的方，有的圆，还有的中间带一个孔，就像是为了串成一串挂在脖子上一样。我认为，洞里所藏的钱币涵盖了世界上所有钱币的种类，而且它们就像秋天飘落的树叶一样，多到数不清，所以弯着腰整理这些钱币弄得我的后背又酸又疼。

搬运工作夜以继日地进行着，尽管每天入夜前都有一大批宝藏被装上船，但洞里始终都留有很多待装的金银财宝。在反复运输的过程中，我们始终都没有听到那三个海盗的动静。

最后，我想大概是运输工作进行到第三晚的时候，医生和我正在能够俯瞰岛上低地的山肩上散步，突然听见一个既像在唱歌又像在尖叫的声音，随着一阵风穿过薄暮传了过来。这声音模模糊糊地听不太清楚，而且四周很快便又安静下来了。

“愿上帝能够宽恕他们，”医生说，“这帮海盗！”

“先生，他们都醉了。”西尔弗的声音从我们身后传来。

我不得不说，西尔弗现在过得很自在。尽管我们每个人都没给他好脸色，但他却将自己看成一个友好的、别人可以依赖的对象。事实上，谁都能看出来他在讨好我们时付出了多大的努力，并且不怕挫折，不断尝试。不过，我觉得，大家对待他不比对待一条狗强。本·冈恩是一个例外，他依旧怕这个过去的海盗头子。而我是另一个例外，有些事我的确要向他表示感谢，但通过那次遭遇，我想我也比别人更加了解他的邪恶。毕竟在高地的时候，我曾见识过他见风使舵的本领。因此，医生用很不客气的语气回答他，也就没什么好奇怪的了。

“倒不如说是在胡言乱语。”医生说。

“没错，先生，”西尔弗回答道，“但这与你我无关。”

“我想你很难让我把你当正常人看待，”医生冷笑着回击，“所以，西尔弗，我的感受会令你感到吃惊。与你不同的是，如果我能确定他们是在说胡话——我几乎可以肯定，他们当中至少有一个人正在发烧——我就会离开营地，不管要冒多大的风险，都会尽自己所能去帮助他们。”

“先生，恕我冒昧，你这样做是错的，”西尔弗说，“你会失去宝贵的生命，并葬身于此。我现在站在你们一边，关系如同手足。我可不愿看到咱们受到损害，更不愿让你独自冒险。你瞧，我知道你有恩于我。山下那几个人从不守信用——不，这点毋庸置疑，而且他们也不相信你会守信用。”

“的确如此，”医生说，“但我们也知道，你也是一个没诚信的人。”

我们最后得到的关于那三个海盗的消息就是这些了。我们曾听到过一次枪声，估计那是他们在离我们很远的地方打猎。离开金银岛之前，我们开了一次会，决定撇下他们三个。值得一提的是，本·冈恩对此兴高采烈，格雷也表示出了强烈的赞同。我们给他们留下不少弹药，还有散装的咸羊肉和一部分药物，以及一些工具、几件衣服、一块旧帆布、一根一二十英尺长的绳子等日常用品。最后，在医生的再三提议下，我们给他们留下了一份特殊的礼物——烟草。

做完这一切，我们差不多就可以出发了。在此之前，我们已经将宝藏都装上了船，又将淡水桶装满，还把剩下的咸羊肉打包，以备不时之需。最后，我们在一个天气晴朗的早晨打点好一切，起锚驶出北部海湾。那面曾经被船长挂在围栏树梢上的国旗，现在又在“希斯帕诺拉”号上迎风飘扬了。

起航后没多久我们就发现，那三个海盗比我们想象的要更加关注我们。穿过海峡时，船离南边的岬角非常近，我们看到三个海盗都跪在那里，举起手臂，请求我们带上他们。看到这一幕，我想我们都有些心软，不忍将他们撇在这座孤岛上。但是，我们也不愿意冒着再次叛乱的风险将他们带回去。而且，把他们带回去，让他们受到绞刑的惩罚，也不是一种仁慈的做法。医生冲他们打招呼，并告诉他们我们留下了物资，以及在哪里可以找到这些物资。但他们依然叫着我们的名字，并恳求我们看在上帝的分上，能将他们带上，而不是留在岛上等死。

最后，眼看着船沿着航线越走越远，并且马上就要驶出射程的时候，他们中的一个人——我不知道具体是谁——大叫一声跳了起来，从肩膀上取下滑膛枪，对着西尔弗开了一枪。子弹擦过西尔弗的头顶，将主帆打出一个洞来。

这一枪迫使我们躲在舷壁后面，等我再伸出头张望的时候，那三个海盗已经从海岬上消失不见了。海岬慢慢地淡出了我们的视线，从此我们再也没有得到过那三个海盗的消息。正午之前，令我感到高兴的是，金银岛上最高的一块岩石也从海平面上消失不见了。

由于人力的匮乏，我们每一个人都要负责好几项工作。只有船长例外，他躺在船尾的一张床垫上指挥大家工作，因为他仍需要休息一段时间，才能恢复健康。我们将船头对准离我们最近的一个西属美洲港口，以便我们能够尽快补充到足够的人手，这样才能回到英国。不过，由于时常变换的风向和几次暴风雨的袭击，在没有到达港口之前，我们都已经累得疲惫不堪了。

我们抵达一个被陆地环绕的美丽海港时，正直黄昏时分。立刻有许多小舟向我们的船围过来，小舟上的黑人、墨西哥裔印第安人和混血儿向我们售卖蔬菜水果，还表示他们可以有偿打捞钱币。这些友好的面孔（尤其是黑人的）、美味的水果以及逐渐被点亮的小镇，与我们在金银岛上那种黑暗、血腥的生活形成了鲜明的对比。医生和乡绅将我带上，一起上岸待了半宿。在岸上，他们遇到一位英国军人，并与他攀谈起来，随后又去他的船上看了看。时间很快就过去了，当我们回到“希斯帕诺拉”号时，我们都感到十分开心。

本·冈恩正独自一人站在甲板上，当我们刚一上船，他就连说带比画地向我们汇报，西尔弗逃跑了。这位曾经被流放过的人说自己几小时以前放了一条船，以便帮助西尔弗逃跑。他还说自己这么做完全是为了船上其他人的生命安全。他觉得如果继续让那个独腿的人留在船上，我们全都会被害死。不过事情到此还没结束，我们的伙夫可不是空着手离开的。他弄穿了宝藏室的墙壁，将一口袋价值三四百畿尼的钱币偷走了，好帮自己度过未来流浪的日子。

我想我们都为能这么容易就摆脱了西尔弗而感到高兴。

后来，长话短说，我们雇了几个水手，然后便一路顺风地开回了家。当“希斯帕诺拉”号抵达布里斯托尔时，布兰德利先生正考虑是否要派船去寻找我们。这次航行只有五个人活着回来了，正应了那句歌词“酒和魔鬼夺去了其他人的命”。当然了，我们的遭遇还没有坏到像另外那首歌唱的一样：

七十五条汉子驾船出海，
只剩下一个活着回来。

我们五个每人都分得了一份宝藏，并依自己的喜好，将这些钱用在了要么极有价值，要么愚蠢至极的事情上。斯莫利特船长选择退休颐养天年。格雷并没有单纯地将钱存起来，他渴望能够得到提升，所以开始苦心研究起航海技术来。现如今，他已经成为一艘装备良好的商用货轮的出资人和大副了。他还结婚生子做了爸爸。与此相反的是本·冈恩。他当初分得了1000英镑，但他只用了三周或者说十九天就把钱要么丢要么花地用完了。当到了第二十天的时候，他又变得一无所有。之后，他找了一份看门的活，这正是他在岛上最怕干的差事。不过他过得还不错，当地的儿童都很喜欢他，还常与他做伴。另外，他还成了唱经班的一员，每到周末和节日他都会去教堂唱歌。

我们再也没有得到过关于西尔弗的任何消息。那个残忍的独腿老海盗从我的生活中彻底消失了，但是我敢肯定，他一定找到了自己的黑人老婆，并与她和鹦鹉弗林特过着舒适的日子。但愿他能过上舒服的日子吧，毕竟他到另一个世界的时候，再想过上好日子的概率是非常小的。

关于银条和武器，所有我知道的，就是它们还埋在弗林特船长藏它们的地方。对于我来讲，它们还是永远埋在那里的好。十头牛来拉我，我也不会再回到那座可怕的岛上了。每次听到海浪拍打岩石的轰鸣声时，我都会做噩梦，甚至会从梦中惊醒，耳边还回响着鹦鹉弗林特那尖锐的叫声：“八个里亚尔！八个里亚尔！”

感　谢

本书在翻译过程中，得到了刘树芝、邓鹏、王熙、曹巍、张倩、许冰晨、王晨、刘宇航等人的帮助，在这里一并表示感谢！